Prolongación
de la noche

Ignacio Solares
Prolongación de la noche

ALFAGUARA

Prolongación de la noche

Primera edición: febrero, 2018

D. R. © 2017, Ignacio Solares

D. R. © 2018, derechos de edición mundiales en lengua castellana:
Penguin Random House Grupo Editorial, S. A. de C. V.
Blvd. Miguel de Cervantes Saavedra núm. 301, 1er piso,
colonia Granada, delegación Miguel Hidalgo, C. P. 11520,
Ciudad de México

www.megustaleer.com.mx

ISBN: 978-607-316-150-3

Impreso en México – *Printed in Mexico*

El papel utilizado para la impresión de este libro ha sido fabricado a partir de madera procedente
de bosques y plantaciones gestionadas con los más altos estándares ambientales, garantizando
una explotación de los recursos sostenible con el medio ambiente y beneficiosa para las personas.

Penguin
Random House
Grupo Editorial

Para Diego y Marina

Índice

El jubilado

Cuando enviudó, fue tal su tristeza que dejó de usar corbata, abandonó la dieta que ella lo obligaba a llevar, se dejó crecer la barba (odiaba rasurarse todos los días), se jubiló en su trabajo ("te vas a deprimir si te jubilas, un hombre como tú no puede estar sin hacer nada, ¿te vas a pasar todo el día encerrado en la casa?", le decía ella), y ahora él se sentaba en la mecedora de la terraza que daba al jardín: tomaba cerveza, leía, oía música, rumiaba su tristeza.

Ayúdame

Para Mario Ortega M.

La primera vez que se me apareció papá fue durante una madrugada fría.

Desperté y no me regresaba el sueño. Me pasaba lo de siempre a esa hora en que se pierde la voluntad y las ideas saltan de todos lados y parecen ciertas, todo lo que se piensa de golpe es cierto y casi siempre horrible y no hay manera de quitárselo de encima ni rezando.

Todos nuestros miedos se reúnen. Es como una masa que se va espesando.

Entonces vi su rostro triste a través del vidrio escarchado de la ventana.

Me resigné a no dormir —mamá dice que padezco insomnio desde el mismo día en que nací, y quizá desde antes—, me senté en la cama y traté de leer un poco. Releía *Los miserables*, cuyo prólogo, por cierto, dice aquello de "La oración es un ensayo de diálogo con una sombra. Todo el que ha rezado siente que esa sombra escucha; todo el que ha meditado sabe que esa sombra contesta". Era un libro que había sido de mi papá, con sus subrayados a lápiz.

Pero no lograba concentrarme, volví a apagar la luz de la lamparita de noche y me quedé un momento sentado en la cama, con la almohada como

14

respaldo. No me decidía a entrar en esa segunda capa de negrura, casi siempre horrible, que traen los párpados cerrados durante el insomnio. Por eso permanecí con ellos abiertos. Era como si la madrugada creciera a la vez por dentro y por fuera de mí.

En la ventana se veía un trozo de cielo lívido, como pegado al marco en vez de al vidrio; un cielo gomoso, sucio.

Ahí fue precisamente en donde, lentamente, se dibujó el rostro de mi padre muerto, entre las gotas de rocío que se entrelazaban serpenteantes.

Le vi clarito unos ojos que decían:

—Ayúdame —como me decía cuando llegaba muy borracho a la casa.

Y fue el espanto, la abominable máquina del miedo.

Era el rostro de la última vez que vi a mi padre antes de morir, con una expresión tan parecida a cuando llegaba borracho.

Un rostro triangular, sin sangre, el agua celeste de los ojos, los labios despellejados por la fiebre, su sonrisa delicada, teniendo que respirar entre cada frase, reemplazando las palabras por un gesto o una mueca que quería disfrazarse de sonrisa.

Hasta recordé el olor dulzón de los medicamentos en la mesita de noche, su resistencia a tomarlos, su voz reducida al mínimo, los reclamos de mamá.

Luego, en otras ocasiones, aunque no lo viera, o no lo viera del todo, sabía que mi papá estaba junto a mí. Me sucedía en cualquier lugar, el más inesperado. En un tranvía o en un elevador o al subir las escaleras de un teatro o de un cine. Llegué a pasar algunos minutos sin decidirme a pisar el siguiente escalón; me quedé ahí, en medio de la gente, ignorando a los que me miraban de reojo sin comprender que no me decidiera a moverme en una zona en donde, precisamente, todos se movían, tenían que moverse.

—Papá, estás aquí junto a mí, ¿verdad?

—Sí, estoy junto a ti.

Era un sentimiento, y casi diría que una sensación física.

En la escuela también. A veces lo descubría en algún recreo, en un rincón del patio, apartado de mis compañeros y mirando hacia lo alto con sus ojos tristes: mirando hacia donde las barandillas de las galerías que nos llevaban a los salones dejaban ver cuerpos truncos, sombras y torsos pasando de un lado al otro. Como si me buscara. Como si no supiera que yo también lo estaba viendo, que yo también lo podía ver a él.

O al subirme a un elevador, que se remontó jadeando y gimiendo varios pisos. Ya los jaloneos, las bruscas sacudidas de la caja de madera y vidrio al franquear cada piso me empezaron a poner nervioso (odio los elevadores). De golpe, se detuvo con una especie de hipo. El elevadorista abrió la puerta para dejar entrar la perspectiva interminable de un pasillo vacío, como de sueño, al final del cual, apoyado en una pared blanca y con una pierna en escuadra, estaba papá, mirándome desde ahí y yo diría llamándome con un movimiento casi imperceptible de la mano. Me aterré y cerré los ojos —la gente me empujaba por todos lados, pero resistí como un árbol en plena tormenta— y sólo los volví a abrir ya en la planta baja, con la sensación de salir de la pesadilla y por fin regresar al mundo.

Pronto descubrí que mi estado de ánimo tenía que ser especial para verlo. O sea, terminé por presentir cuando papá iba a aparecerse. Si yo estaba triste o preocupado, casi siempre lo veía. Una tarde salí de la casa de un amigo y me perdí. Regresé por las mismas calles, con la impresión no de recorrer esas calles sino de ser recorrido por ellas, las bardas y las fachadas resbalando hacia atrás y reapareciendo por adelante, como en una cinta móvil. Oscurecía y las calles eran cada vez más solitarias.

Me asomé a la ventana iluminada de una casa cualquiera con la esperanza de que alguien me socorriera. Tres tipos de muy mal aspecto jugaban a las cartas, una mujer estaba adormecida en un sillón y un niño sucio tenía un gato en los brazos. Todos como fuera del tiempo, estirándose en la luz parduzca. En algún momento la mano de uno de los jugadores pareció congelarse, mantener largamente la carta en el aire antes de dejarla caer en la mesa con un latigazo de triunfo. En ese instante descubrí que uno de los jugadores, el que yo veía de perfil, era mi padre. Él también debió descubrirme porque se volvió un poco y me sonrió con una sonrisa desencajada, muy dolorosa. Tenía los ojos de siempre, pero más brillantes, diría yo. Los ojos de cuando bebía.

Cuando bebía, yo se lo notaba enseguida. Hoy se lo descubro hasta en las fotos. Veo la foto y me digo: bebió un poco o bebió mucho. En las fotos de las fiestas, por supuesto, que era donde bebía más.

Por eso el tío Rufino llevó el pulgar en alto hacia los labios cuando alguien preguntó de qué había muerto mi padre.

Fue una noche, casi sin darnos cuenta, que mamá y yo le hablamos juntos a papá. Siempre rezamos en su recámara un padrenuestro y un avemaría antes de acostarnos y en aquella ocasión agregó:

—Ahora vamos a pedirle a papito que nos cuide, que esté junto a nosotros para no sentirnos tan solos.

Y los dos miramos hacia la foto de papá que estaba junto al Sagrado Corazón. La vimos como si lo viéramos a él en persona.

Mamá empezó a decir:

—Tú nos escuchas, así como nos escucha nuestro Señor Jesucristo, y sabes cuánto te necesitamos. Te queremos como si estuvieras aquí, a nuestro lado.

La emoción la obligó a hacer una larga pausa; el silencio parecía coagularse, caer como ceniza sobre los muebles y el piso.

—Vamos a luchar por nosotros, tan solos, y tú nos vas a ayudar. Tienes que ayudarnos a seguir adelante, a no desfallecer, a no dudar de que hoy y mañana estaremos juntos, siempre juntos.

En ese momento tuve la seguridad de que también mi mamá hablaba con mi papá. Por eso aquella noche, todavía los dos hincados a los pies de su cama, le pregunté:

—¿Crees que alguna vez papá podría regresar al mundo, venir con nosotros, que lo viéramos tú y yo, que habláramos con él y él nos respondiera?

No contestó. Sólo levantó los ojos lentamente y miró hacia el Sagrado Corazón.

—Mamá… Yo he hablado con mi papá. Tú también, ¿verdad?

No se movió. Sólo después de un momento —que fue un largo momento— asintió con la cabeza.

Y se puso a rezar ella sola:

—Alma de Cristo, santifícame… Cuerpo de Cristo, sálvame… Sangre de Cristo, embriágame…

Los días siguientes, aunque seguíamos rezando juntos, ya no nos dirigíamos a la foto de papá. Ni siquiera hablábamos demasiado de él, por más que en ciertos momentos los dos, creo, sabíamos que él estaba ahí, a nuestro lado, y que quizá bastaría hablarle para que nos respondiera.

Una noche nos despertamos al mismo tiempo y los dos fuimos a la cocina, en bata, a beber un vaso de agua.

—¿No puedes dormir? —preguntó mamá sin mirarme a los ojos.

—Me desperté de repente, no sé por qué.

—Yo también desperté de repente —dijo mientras bebía el agua.

Entonces me pareció que papá estaba ahí, a nuestro lado. Mi corazón latió con fuerza y el vaso tembló en mi mano.

Me pregunté: ¿y si le hablara? ¿Y si me atreviera a hablarle delante de mamá? Quizás ella también le hablaría. Nos respondería y hablaríamos de nuevo los tres, con toda normalidad, como antes. Pero algo me detenía. ¿Miedo a que respondiera? ¿Miedo

a que no? ¿Y si ellos empezaban a discutir horrible-
mente, como tantas veces los oí desde mi recámara,
sobre todo cuando él llegaba bebido?

Preferí no arriesgarme:

—Bueno, me voy a dormir —dije.

Acababa de entrar en mi recámara cuando oí
romperse el vaso.

Salí y vi a mamá en cuclillas, de espaldas a mí,
recogiendo los vidrios del suelo. Pero también me
pareció haberla oído hablar en voz muy baja, en
murmullo, dos o tres palabras. No estoy muy seguro, pero me pareció que una de esas palabras era una
grosería, y de las peores, algo extrañísimo en ella,
tan mesurada.

Decidido a perderles el miedo a las apariciones
de papá, en una ocasión traté de seguirlo yo en vez de
que él me siguiera a mí.

Ya el retraso del tranvía me había puesto nervioso, por el gentío que había esperándolo. Apenas adivinamos su trole lleno de chispas, corrimos
hacia él. Subí penosamente por la puerta trasera,
ahogado por el amontonamiento de cuerpos y de
bultos, magullándome en cada alto o viraje —mar-
cados por los campanillazos secos— contra bolsos y
codos y canastas. Los pasajeros entregaban las mo-
nedas al que estaba más cerca para que las hiciera
llegar al conductor. Había como un tráfico de mo-
nedas y boletos que volvían por las mismas manos
hasta ser atrapados por un par de dedos junto con
el cambio.

En algún momento, en uno de los asientos trans-
versales, descubrí a mi papá con los ojos perdidos en

la ventanilla, mirando hacia la plaza del Seminario (él alguna vez trabajó por ahí cerca, me acordé).

Sentí el corazón como un bombo dentro del pecho, tragué gordo y me decidí a ir hacia él, total. Hasta le hice una seña y lo llamé:

—¡Papá, yo estoy aquí, espérame!

Quizá lo hubiera logrado alcanzar si en ese momento una mujer gorda no hubiera reclamado a gritos su boleto, obligándome a mí y a quienes me rodeaban a ayudarnos mutuamente para rescatar el boleto perdido de las manos equivocadas. Así, cuando volví a levantar los ojos papá ya no estaba, dejé de verlo como si nunca hubiera estado ahí, expulsado de mi visión por la fuerza opaca de todos esos cuerpos apelmazados. ¿O se fue porque supo que yo iba hacia él?

No podía rendirme e hice un nuevo intento, aún más en serio.

Una noche lo preparé todo. Esperé a que mamá se durmiera y la casa estuviera en total silencio. Deben de haber sido las dos de la mañana.

Acerqué la mesa de trabajo a la ventana y abrí las cortinas. Sólo encendí la lámpara de la mesita de noche y le puse enfrente un libro abierto para debilitar la luz. Surgía como un pálido chorro amarillo hacia lo alto y ahí se distendía. No necesitaba más. Mi sombra se desdoblaba minuciosa en el piso. Me senté a la mesa y me puse a mirar a través del vidrio. Había una noche despejada, con destellos azules. Cerré los ojos y empecé a llamar a papá mentalmente.

—Papá, papá, quiero hablar contigo. Sé que siempre estás junto a mí, pero ahora quiero oír tu

voz. Que me respondas. Te necesito, papá. Hay tantas cosas que no entiendo y sólo tú puedes aclarár-
melas. Siento que en esta confusión es muy difícil
ayudarte. Las veces que te he visto me has pedido
que te ayude, pero cómo. Quizá no he sabido hacerlo, no conozco el camino, no entiendo nada de
nada. Por eso, ahora te pido que tú me ayudes a mí,
papá. Si de veras estás junto a mí y me escuchas,
respóndeme.

Esperé un momento y no sucedió nada. La ansiedad me trajo el canto de un pájaro en el jardín,
algún crujido de maderas resecas. Insistí:

—Papá, respóndeme, por favor.

Abrí los ojos y aun la leve luz me lastimó. Afuera la noche me pareció más oscura. Entonces en la
ventana vi dibujarse borrosamente un rostro. Por
un momento estuve seguro de que era yo mismo
reflejándome en el vidrio. Ladeé un poco la mirada
y los ojos que tenía enfrente —y en los que adivinaba mi propia expresión— hicieron otro tanto.
Sentí que me mareaba y podía desmayarme. ¿Era
yo mismo?

Pero bastó que cerrara los ojos de nuevo y los
volviera a abrir para que ahora sí reconociera con
claridad los rasgos de papá. Tenía la misma expresión de siempre, mezcla de tristeza y dulzura, y sus
labios permanecían apretados.

Me concentré en él con la mayor fijeza, sin siquiera parpadear, y aunque el mareo aumentó y temí
caer de la silla en cualquier momento, mi corazón
se tranquilizó y de nuevo sentí el calor de saberme
junto a él. Ya no estaba solo. Todas las angustias de

los días pasados se diluían y parecían absurdas al confirmar que respondía a mi llamado.

—Papá… Te quiero tanto…

¿Por qué llegué a temer ese rostro visto a través del vidrio de la ventana? ¿Por qué no desde la primera vez que apareció me atreví a acercarme y hablarle? ¿Por la tristeza que adivinaba en él y no alcanzaba a descifrar? ¿Por cómo se me contagiaba sin remedio?

—Papá, no sé por qué la vez pasada temí…

Una leve sonrisa se dibujó en el rostro empañado. ¿Me comprendía? Qué doloroso debió de resultarle que yo le temiera.

Su voz sonó dentro de mí como una lejana campanada, tan fuerte y suave a la vez:

—Ayúdame.

Vi un momento más su rostro, cada vez más nebuloso, hasta que terminó por diluirse del todo. En el vidrio quedaron algunos destellos azules, confundidos con la noche, que de nuevo entró de lleno en la recámara.

Estuve así un rato, contemplando una media luna roja que a lo lejos desgarraba una nube.

En un momento sentí que había alguien detrás de mí. Me volví y vi a mamá parada en la puerta, a contraluz. Su cara permanecía a media sombra y un como halo amarillo circundaba su silueta.

La última vez que lo vi, en aquella época, íbamos mi mamá y yo en un camión rumbo a la casa. Casi no hablamos y yo me fui todo el camino clavado en la ventanilla, viendo caer la tarde, los juegos de luces en el arcoíris del vidrio, y presintiendo que en cualquier momento podía aparecerse papá, tenía que aparecerse papá. Sucedió cuando ya íbamos por avenida Coyoacán, al doblar una esquina: estaba recargado en una pared, con una pierna en escuadra y sus ojos con la expresión de siempre, mezcla de tristeza y dulzura. Le hice adiós con la mano y él me contestó con un gesto que apenas se distinguió.

—Adiós, papá, te quiero mucho —dije interiormente.

Entonces en el tenue azogue de la ventanilla vi también reflejados los ojos de mamá, mirando hacia la calle en la misma dirección que yo. Fugaz cruce de miradas que casi me obliga a pegar un grito de felicidad. "¡Juntos de nuevo!". Pero mamá no debió de sentirlo igual, porque miró hacia otra parte.

Luego ya no lo volví a ver. Murió mi mamá, me casé, tuve dos hijos, trabajé en una agencia de publicidad donde no me pagaban mal, pero heredé el gusto de mi papá por la bebida y mis borracheras fueron en aumento, hasta que tuvieron que internarme en un par de ocasiones.

Padecí el *delirium tremens* y fue cuando volví a verlo, con su mismo rostro dulce y triste a la vez. En aquella ocasión, mientras me mantenían amarrado a una cama de hospital, ahogándome, lo vi en una ventana con las persianas entreabiertas, y fui yo el que le dijo:

—¡Ayúdame!

¿Quién elige sus sueños?

¿Por qué con Martha, la mejor amiga de mi mujer y esposa de mi mejor amigo? Empecé a soñar con ella y luego seguí soñando. Y en esos sueños sucedía de todo. En persona, en las frecuentes reuniones entre los cuatro, aparentaba yo —¿o aparentábamos?— normalidad y suponía que nada se notaba.

Por supuesto que no lo comenté con nadie.

Hasta que una noche Eduardo y yo nos quedamos solos después de cenar, con una nueva copa de vino y más café, mientras Martha y mi mujer iban al baño a ver algo de un maquillaje que acababa de salir al mercado.

Eduardo dio un trago a su copa de vino, respiró profundamente y dijo, seco:

—Por favor, deja de soñar con mi mujer. No haces más que inquietarla.

Aterrizaje forzoso

Como si el angustioso hecho de un aterrizaje forzoso pudiera hacer girar al revés las agujas de un reloj. Así, encajado dentro de mí mismo, en posición fetal dizque para aguantar mejor el golpe, durante tres o cuatro minutos, recordé intensas escenas de mi pasado, y las imágenes se me encadenaron en forma interminable, infinita. Cuando sentí la sacudida brutal del panzazo del avión sobre la pista, volví a respirar y a mi supuesto estado "normal". Comprendí que si quisiera enumerar todo lo que había recordado (y vivido en el recuerdo) necesitaría de horas y horas, y sin embargo todo sucedió en esos tres o cuatro minutos. La angustiosa experiencia sirvió para —una vez en mi casa con un whisky en la mano— reconocer que había vivido plenamente. Y, a pesar del miedo de volver a vivirlo, pensé que si pudiera permanecer en ese estado (pero Dios nos libre), dentro de esa "otra" realidad transcurrirían decenas, quizá cientos de años, mucho más intensamente de lo que estoy viviendo ahora, al servirme un nuevo vaso de whisky.

La llave

Era tarde, lloviznaba, y le pareció preferible quedarse en el pueblo por el que pasaba antes de llegar a su destino.

Encontró cerca de la carretera un pequeño hotel que no tenía mal aspecto.

Entró y atrás del mostrador lo atendió un viejo gordo y calvo, con dos mejillas sonrosadas y una larga nariz en cuyo extremo cabalgaban peligrosamente los pequeños lentes de aro de metal.

—Buenas noches, señor —se volvió enseguida al tablero de las llaves—. Aquí tiene su llave, señor.

—Pero... —dijo él mostrándole la tarjeta de crédito.

El viejo hizo un gesto displicente y le sonrió.

—Por favor, señor —se limitó a decir.

Subió al cuarto con su pequeña maleta. Encendió la luz de una lámpara de flecos en la mesita de noche. Lentamente, los muebles fueron saliendo de la sombra, delineándose como una placa fotográfica al contacto de las sustancias que la revelan: maderas opacas, una cretona deshilachada, una cama matrimonial con dosel, un armario con una gran luna.

Al día siguiente salió del hotel poco después del amanecer. Al intentar pagar, el viejo gordo volvió a sonreírle, mirándolo por encima de los lentes de aro de metal. Tomó la llave, se volvió y la puso en su lugar.

—Aquí tendremos siempre su llave, señor.

Dimensión paralela

La conocí en el Centro de Meditación de Pepe Gordon, en Polanco. Sus lentes de aro de metal escondían una mirada de frialdad serena, como de agua bajo la luna. Empezamos a salir. Meditar a su lado me llenaba de una paz que nunca había experimentado.

Una tarde me preguntó:

—¿Crees posible habitar en una dimensión física paralela a la nuestra?

—No, no llega a tanto mi creencia en lo sobrenatural.

—Pues yo sí voy y vengo. Mira —contestó, y se descorporificó, dejando tras de sí un sutil polvo de estrellas y un fuerte olor a ozono.

Mejor cara

El hombre acababa de salir de una grave enfermedad. Su mujer, arreglándose las pestañas frente al espejo, le preguntó:

—¿Cómo te sientes?

Él se encogió de hombros.

—Pues…

—Ya tienes mejor cara —contestó ella sin mirarlo, sin apartar los ojos del espejo.

El Cristo oculto

A través de senderos montañeses abiertos a fuerza de ser andados, ascendió al viejo monasterio, levantado en plena soledad, entre piedras hirsutas. Soplaba un viento gris y rasgado, que levantaba una tierra amarilla, muy suelta. La vegetación era hostil. Maleza, espinos retorciéndose. Una sublime sensación lo guiaba en aquel duro ascenso matutino. Al descubrir las altas ventanas enrejadas, las gárgolas de agua, los remates góticos, el corazón le dio un vuelco. ¿No sería ahí donde, desde siempre, debía haber estado? Los muros se habían cuarteado y el atrio estaba invadido de hierbas. Al entrar en la capilla lo sobrecogió un gran Cristo crucificado sobre el altar, tan inclinado hacia el frente que parecía a punto de caer. Las bancas estaban vacías.

El sacristán se acercó a bisbisarle al oído la conveniencia de que se ubicara en alguna banca trasera, entre las sombras: su presencia podía perturbar a los oficiantes, acostumbrados a la falta de fieles. ¿Para quién oficiaban entonces? Obedeció.

De pronto, una fila de monjes encapuchados apareció junto al altar y se ubicó en los asientos del coro. El sacerdote inició la ceremonia con la aspersión del agua. Los del coro entonaron el Asperges.

Las casullas oscuras, con su cruz bordada en oro, contrastaban con el alba purísima que vestía el sacerdote, quien un momento después subió solemnemente las gradas del altar, persignándose una y otra vez. Los monjes cantaron el Introito. Luego vinieron los Kiries desolados, el Gloria triunfante. Para entonces él se sentía al borde del llanto. Comprendió la necesidad que tenían de oficiar en la soledad, sólo para Él y nada más que para Él.

La severa epístola, el evangelio de amor y el fogoso credo resonaron en la nave. Cuando el sacerdote levantó la hostia, le pareció adivinar una presencia invisible. Ofrecidos el pan y el vino, una crencha de humo brotó del incensario de plata. Todo el resto de la escena estuvo envuelta en ese humo, como en una nube sobrenatural. El celebrante incensó las ofrendas, el crucifijo, las dos alas del altar, a los monjes, uno por uno.

Le parecía un privilegio inmerecido haber presenciado la ceremonia en aquella capilla tan íntima. Como si él mismo —su cuerpo— no hubiera estado ahí y sólo su alma la hubiera visto, entrevisto. Una vez que se marcharon los oficiantes, estuvo observando el halo que continuaba sobre el altar; ya sin la necesidad del humo. Algo como el halo que deja en un escenario vacío la obra que acaba de representarse. Se persignó y salió a los senderos montañeses.

Caminaba con la vista baja y sin volverse. No fuera a comprobar que el convento y la capilla estaban completamente vacíos y abandonados.

El cuarto hombre

Una tarde, Gustavo, hermano de Francisco Madero, entró sin previo aviso con Victoriano Huerta —amagándolo con una pistola— al despacho presidencial en Palacio Nacional.

—Por fin, después de seguirle la pista mi gente y yo durante semanas, lo acabamos de encontrar en casa de Enrique Cepeda, junto con Félix Díaz, Gregorio Ruiz y Rodolfo Reyes, organizando descaradamente el cuartelazo que nos quieren dar a partir de la toma de la Ciudadela.

Madero miró fijamente a Victoriano Huerta, imperturbable, con sus lentes oscuros y su holgado abrigo negro —así, como un ave agorera—. Sin embargo, qué extraña relación tenía Madero con aquel siniestro personaje. ¿Era quien debía sacrificarlo, colocarle su corona de espinas, volverse su Judas, y a quien, desde ahora, tenía que empezar a perdonar, según le dictaron los espíritus diez años antes? Entonces, ¿de qué se trataba en realidad este encuentro tan crucial, del que su hermano Gustavo era testigo? ¿Algo así como circunstancias que él estaría tentado de llamar ceremoniales, una doble danza encadenada del victimario y la víctima, un cumplimiento?

Pero Huerta también sabía muy bien su papel en aquel juego macabro. Sería inevitable la reacción de Madero ante el acoso mutuo que les hacía su hermano Gustavo, sin bajar la pistola, engatillada, en su sien. Por eso no parecía que hubiera un solo músculo de la cara de Huerta en tensión y su actitud era hasta francamente relajada.

El hombre gordo de mediana estatura que estaba sentado en un rincón, casi invisible, con saco de pana, camisa blanca abierta en el cuello, y cuya única característica particular era su labio inferior, estremecido por la dificultosa respiración, parecía absorto en cuanto veía y escuchaba.

Madero apartó lentamente la pistola de Gustavo de la sien de Huerta y dijo:

—El propio general Huerta me ha enterado de todos esos movimientos de nuestros enemigos. Se ha infiltrado entre ellos para conocer sus planes y hacérnoslos saber. De tal manera, Gustavo, nuestro compromiso con él es darle toda nuestra confianza y dejarlo trabajar en plena libertad… General Huerta, le reitero que estamos en sus manos…

Gustavo bajó la pistola y la otra mano la pasó por la cara, como apartando una sombra inconcebible.

En ese momento, el hombre gordo se levantó de la silla y exclamó con voz perentoria:

—¡Corten!

Se acercó a ellos y en tono amable e insinuando una sonrisa, dijo:

—Bastante mejor. Ya casi. Piensen que es la escena culminante que le da sentido a cuanto ha sucedido y va a suceder. Vamos a hacer otra toma, quizá la última —y miró su reloj—… en unos veinte minutos. Mientras, relájense y váyanse a tomar un café.

Camino a la salida del despacho, Madero le preguntó a Huerta:

—¿Cómo me sentiste, Victoriano?

—Mucho más convincente que la vez anterior. Como dice el director, ya casi conseguimos redondear la escena. El que no me convence es Gustavo; sigue actuando como si esto sólo fuera ficción.

La horca

Era una manera de mantener la puerta abierta, aseguraba Paco Mireles, un buen compañero y brillante estudiante, por cierto, con quien había yo compartido la primaria en una escuela de jesuitas. Padecía claustrofobia espiritual, agregaba. La puerta siempre abierta a amplios paisajes, a nuevas e insospechadas posibilidades de vida… o de vidas después de la vida (porque durante un tiempo se leyó todos los libros sobre el tema). Nada de presiones o imposiciones absurdas. Además, qué sabor hacer el amor frente a una horca.

—No te imaginas: primero se asustan de ver la cuerda en la recámara al entrar. Cómo hacer el amor ahí, y ¡cómo!, ¿hacer el amor ahí? ¿No hay manera de esconderla mientras tanto, por lo menos al principio? Por lo menos, al principio… en lo que se calentaban…

Paco hablaba de su horca y de sus mujeres con una euforia insospechada en un joven que, hasta hacía muy poco, parecía modelo de decencia y de fidelidad matrimonial. Pero, se comentaba, el divorcio y alejarse de sus dos hijos —tan lindos, tan pequeñitos, tan parecidos a él— lo destrampó hasta la locura. De otra forma, ¿cómo entender que alguien —recién divorciado, además— instale una horca en el centro mismo de su recámara?

—Luego hasta resulta que les es más fácil el orgasmo nomás de ver la horca encima de ellas, apretándonos mucho, protegiéndonos mutuamente. ¿Para qué la tienes ahí, eh?, preguntan todas. El chantaje perfecto. Porque yo les contesto: por si me dejas, por si ya no me quieres, por si te metes con otro. Qué ternura, termina por despertarles el instinto maternal, sólo yo voy a salvarte, ya sabes.

La verdad es que era cierto: la horca llamaba la atención en el centro de la recámara (en un departamento que era casi pura recámara), exactamente frente a la cama, presidiendo los sueños de Paco ("¡qué alivio despertar de una pesadilla y tenerla ahí enfrente!"), balanceándose suavemente como un péndulo macabro, agorero.

Gozaba con el asombro de todos, muy especialmente de sus amigos de "antes", mostraba la perfección del nudo corredizo, acercaba el banquito, se trepaba en él para demostrar cuán fácil era meter la cabeza, sí, así, ahí, allá, dónde.

—Una patada al banquito y plaf, se acabó, el mundo estalla hecho añicos. ¿Y luego?

Y hasta bailoteaba un poco sobre el banquito, con los movimientos nerviosos del que va a iniciar una carrera.

—¡Bájate de ahí por Dios! —quién podía evitar gritarle, correr a detenerlo, abrazarlo por la cintura, sobre todo las mujeres, claro.

—¿A qué puede compararse esa experiencia; meter tú mismo la cabeza en el misterio, como la metía Alicia en el espejo? —preguntaba con el mismo aire con que daba su lección en la escuela—. El Padre Nuestro dice: no nos dejes caer en la tentación. ¿Y a qué otra tentación puede compararse una horca, el método más antiguo para fugarse de este mundo, por cierto? La pistola debajo de la almohada termina por volverse tan insulsa, sabes, y no se diga del frasquito con veneno, el balcón al vacío, todas esas tonterías, bah. Sólo la horca es demostración palpable de que la escapatoria requiere de la convulsión del cuerpo hasta el orgasmo. ¿Te imaginas venirte en el instante mismo de morir?

Y, de nuevo, me mostraba su álbum de fotos de ahorcados con la erección o en franca eyaculación.

También supimos, por el testimonio de ella misma, de la mujer a la que amenazó con matarse si lo dejaba. Ella reaccionó en sentido contrario al instinto maternal aquel que le suponía a todas: mátate pues, qué esperas. O te ahorcas ahora mismo o me largo yo. Y de pronto agregó: es más, de todas maneras ya me voy. Y se fue sin dar más explicaciones porque él seguía, torpemente por lo nervioso que estaba, haciendo el simulacro de irse a ahorcar, de bailotear sobre el banquito, como lo hacía tantas veces. Y quizá de pronto tropezó. Ya sin una mujer al lado, suponemos, se ahorcó accidentalmente. ¿Será?

El reflejo

Cansado de mirarse en el agua, una mañana Narciso la removió con una rama.

Sintió cómo su cuerpo empezaba a desvanecerse. Sólo alcanzó a pensar:

—El reflejo era yo.

Otro rostro

Si un hombre se despertara por la mañana y al verse al espejo comprobara que tiene un rostro que no es el suyo, ¿cuál sería su primera reacción?

El desencuentro

Había violencia hasta en la franja del vestido que le viboreaba alrededor de las piernas al caminar. Los ojos no le cambiaron al descubrirlo en el fondo del bar, simplemente fue a sentarse junto a él.

—Es el colmo. Hacerme venir a la misma hora y al mismo lugar de anoche. ¿Qué te crees?

—¿Qué me creo yo?

—Por Dios, Esteban. Me dejas plantada anoche aquí mismo, me vuelves a citar y todavía preguntas qué me pasa.

El hombre entrecerró los ojos como para distinguir mejor las facciones endurecidas de la mujer dentro de la luz color vino aguado que difundían unos farolitos envueltos en humo. Casi todas las mesas estaban ocupadas y por momentos una carcajada o el golpe de un vaso en la formaica sobresalían del murmullo opaco. En los ojitos de la mujer había un brillo de fiebre.

—¿Te dejé plantada?

Ella chasqueó la lengua y se puso la eficaz máscara de las manos anudadas frente a la cara.

—¿Qué crees que hice anoche? —continuó, sin salir de sí misma.

—Es lo que quisiera averiguar.

—Pues estuve ahí sentada —y señaló una mesa contigua, donde otra pareja hablaba y se sonreía dulcemente con los ojos y con los labios—. De las ocho a las nueve, tiempo en que a tu mamacita le deben de haber zumbado los oídos.

—No te entiendo.

—¿Qué es lo que no entiendes?

—Que estuvieras ahí sentada —y él también señaló la mesa contigua—. De las ocho a las nueve, dices.

—De las cinco para las ocho a las nueve y diez. Lo vi en el reloj.

—El problema es que no pudiste hacerlo, no pudiste estar ahí sentada de las ocho a las nueve de la noche.

—Ah, no. ¿Y por qué?

—Porque yo estuve sentado en esta misma mesa donde estamos ahora a esa misma hora. Por eso.

—¿Tú? ¿Aquí?

—Te lo juro.

—Por favor, Esteban, todo esto ha sido tan fatigante. ¿Por qué no te vas a tu casa con tu mujercita y tus hijitos y me dejas en paz? ¿No te das cuenta de lo que he dejado aquí contigo? No sé…

Él llamó a un mesero alto y flaco, con un desvaído esmoquin. Llegó e hizo una melosa reverencia.

—Sí, señor.

—Usted me conoce, ¿verdad?

—Sí, señor. Lo veo aquí con frecuencia.

—¿Me vio anoche?

—Sí, señor.

—¿Adónde?

—Aquí mismo, donde está usted sentado.

—¿A qué hora? Más o menos.

—Como a esta hora, señor.

—¿Y yo? —preguntó la mujer— ¿Me vio?

—Sí, la vi.

—¿En dónde?

—En esa mesa de al lado. La verdad es que me pareció raro que habiendo venido siempre juntos…

El mesero se encogió de hombros, sonrió sin separar los labios, y se alejó.

—Esta mesa estaba vacía, estoy segura. Me llamó la atención con tanta gente que entraba y buscaba lugar. ¿Vas a decir que tú también veías vacía la mesa donde yo estaba sentada?

Él asintió con la cabeza y dio un largo trago a su bebida. La mujer continuaba empequeñeciéndose, parpadeante.

Nacimiento del alma humana

Dicen los etólogos que el hombre logró primero erigirse en dos pies. La mujer tardó más por el peso de los embarazos y del pecho.

Así, el alma humana nació cuando el hombre y la mujer hicieron el amor mirándose a los ojos.

Échate unos tragos

Lo vieron afuera de la cantina: las mejillas consumidas y apergaminadas, los ojos hinchados y saltones, una barba lacia y grasienta, el saco luido y lustroso, la mano extendida pidiendo limosna.

—¿Te acuerdas de él? Es Domínguez de Fiduciario. Mira adónde ha llegado. Lleva meses sin parar de beber. Yo creo que ya no va a durar mucho, ¿no?

Las fichas de dominó restallaban en la formaica. El humo de los cigarrillos subía en espirales y en lo alto formaba una gruesa capa que se distendía como neblina apresando la luz opaca de las bombillas.

En un momento en que no le tocaba jugar, salió de la cantina y le dio a Domínguez todo el dinero que llevaba.

—Toma. Échate unos tragos a mi cuenta.

Trampear a Murphy

La Ley de Murphy nos dice que si algo puede salir mal, saldrá peor. O si en principio algo puede salir mal, sucederá. Por eso, por decirlo así, si estoy formado en una fila cualquiera, desesperado porque no avanza, viendo cómo la de junto avanza más rápido, me paso a esta, con lo que sólo consigo detenerla, y es esa, precisamente en la que yo estaba antes, la que empieza a moverse más de prisa. Como para jalarse los pelos en una forma que yo sólo la he visto en el teatro a actrices sobreactuadas. Claro, es que aún no conocíamos la Ley de Murphy.

Habría que hacerle un agregado para volverla más explícita —y pesimista—. Lo que buscas, se esconde. Cuando dejas de buscarlo, aparece.

Hay un cuento de Julio Cortázar —"Manuscrito hallado en un bolsillo"— que pone de manifiesto el tema. Un personaje se enamora de una mujer al verla en el Metro de París. Primero la descubre a través del reflejo violáceo de la ventanilla, luego la ve de frente y, finalmente, se sienta junto a ella y la invita a tomar una copa. "No puede ser que nos separemos así antes de habernos encontrado". Se bajan en cierta estación, cerca de la casa de ella, y conversan largamente. Él se enamora de ella y, se supone, también ella de él. Pero él quiere seguir jugando —el juego es uno de los temas favoritos de Cortázar—, dejar el nuevo encuentro al azar, y quedan de verse, si es que se ven, en alguna estación de Metro, y el de París es un laberinto. "Para otros esto podía haber sido la ruleta o el hipódromo", se dice al principio del cuento. Quizá le faltó agregar: la ruleta rusa. Porque no se vuelven a encontrar. El personaje pasa días, semanas, buscándola. "Marie-Claude quizás habría subido cerca de su casa, en Denfert-Rochereau o en Corvisart, estaría cambiando en Pasteur para seguir hacia Falguière, el árbol mondrianesco con todas sus ramas secas, el azar de las tentaciones rojas, azules, blancas, punteadas; el jueves, el viernes, el sábado. Desde cualquier andén ver entrar los trenes, los siete u ocho vagones, consintiéndome mirar mientras pasaban cada vez más lentos, correrme hasta el final y subir a un vagón sin Marie-Claude, bajar en la estación siguiente y esperar otro tren, seguir hasta la primera estación para buscar otra línea, ver llegar los vagones sin Marie-Claude, dejar pasar un tren o dos, subir en el tercero, seguir hasta la terminal, regresar a una estación desde donde podía pasar otra línea, decidir que sólo tomaría el cuarto tren, abandonar la búsqueda…". Finalmente, comprende que no volverá a encontrar a Marie-Claude y decide suicidarse al paso de un vagón. Por eso el cuento se titula "Manuscrito hallado en un bolsillo": porque alguien lo encuentra ya en su cadáver. Desde que lo leí —siendo uno de los que más me gustan de Cortázar—, pensé que, para hacerlo aún más dramático, le faltaba una leve vuelta de tuerca. Que en el momento mismo de ir cayendo a la vía, ya sin poder detenerse, alcanza de reojo a ver que la mujer que estaba parada, ahí, cerca de él, era Marie-Claude.

Hay una película de Roman Polanski, *Luna amarga*, que también transcurre en París, en la que el actor Peter Coyote descubre sentada a su lado a la mujer de su vida, Emmanuel Seigner (quien más lo hará sufrir, pero también quien más satisfacciones le dará), en el autobús 96, rumbo a Montparnasse. Al subir el inspector a pedir los boletos, ella busca en su bolso y comprende que ha perdido el suyo. Discretamente, Peter Coyote le hace llegar el de él, por lo cual lo bajan del autobús.

Se le vuelve una obsesión y todos los días sube, a la misma hora en que la encontró, al autobús 96 a buscarla, inútilmente. Al final, cuando al parecer ya ha renunciado a encontrarla, una noche, en un restaurante, descubre que la mesera que lo va a atender es ella.

Las cosas aparecen cuando ya no las buscamos.

Algo así como una frase de Giovanni Papini respecto a su encuentro con Jesucristo: "Te encontré cuando renuncié a buscarte".

Pero no es necesario ir tan lejos. Nos sucede —¿por qué?— cotidianamente. Hay un pequeño y espléndido ensayo de Alfonso Reyes sobre el tema: "La malicia del mueble", en el que tiene frases como estas, admirables: "La tinta de la estilográfica se agota precisamente a la hora culminante, en la última línea de la inspiración. O sobreviene el corto circuito al tiempo en que el médico empieza a hundir el bisturí. Aquella mecedora nos tiene locos: le ha dado por balancearse sola en los momentos menos esperados".

A mí —yo creo que a todos— me ha sucedido con cierta frecuencia. Pero la última fue excepcional y aleccionadora. Estábamos en Melbourne, Australia, mi esposa Myrna y yo. Habíamos ido a ver a nuestra hija, que estudia su maestría en una universidad de Sydney. En la tarde, después de comer y de pasear, buscábamos ansiosamente un taxi para regresar al hotel. Estábamos realmente muy cansados. Pasó casi una hora de espera inútil. En el momento de llegar a aquella calle, habíamos visto pasar por lo menos un par de ellos. ¿Qué sucedía? Me atreví —cuidado— a mencionar la Ley de Murphy. Entonces mi yerno, Aarón, que la conocía, me hizo en voz baja una sugerencia que —ahora lo veo— trastocaba la mencionada ley: "Hagamos como que no necesitamos el taxi, que Myrna y Maty entren a una tienda a comprar cualquier cosa —les encanta—, mientras nosotros esperamos afuera, discretamente". Así lo hicimos. En efecto, apenas mi mujer y mi hija se perdieron en la tienda, ¡empezaron a pasar los taxis! Dos, por lo menos. Paramos a uno. Me quedé en él, mientras Aarón iba a buscarlas.

Habíamos no sólo trampeado a Murphy, sino a toda lógica posible de lo misterioso que nos rodea y nos invade.

Una llamarada triunfal

El padre Roque me instaba a realizar una experiencia de iniciación mística que él tuvo —de manera muy fugaz— una noche en la Sierra Tarahumara: intentar ver simultáneamente todo lo que ven, o pueden ver, los ojos de la raza humana; lo que ven sus miles de millones de ojos. Yo lo intenté y sólo conseguí marearme, pero ¿alcanzas a suponer lo que implicaría ese simple vistazo panorámico al mundo? La realidad (Realidad) dejaría de ser sucesiva, se petrificaría en una visión (Visión) absoluta en la que el "yo" desparecería aniquilado; es cierto, pero esa aniquilación ¡qué llamarada triunfal!

La Alameda

Con todo el riesgo que implicaba, cruzaban la Alameda a las diez de la noche para ir al departamento en donde vivían, en López y Victoria. Aquella noche el cielo se abrió, desprendiéndose de unas nubes deshilachadas, y él tuvo una como entrevisión. El viento mecía los álamos y empezaba a hacer frío.

Supuso: ¿y si ella y él estuvieron ahí en otra época? ¿En 1600? ¿En 1700? ¿En 1800? ¿Cuándo? ¿A la Alameda la alumbraban aún faroles con trementina y mecheros de gas? ¿Cómo serían los ojos de ella iluminados con aquella luz amarillenta? Él casi los podía ver: la luz temblaría en ellos y les encendería dos llamitas. Y podía sentirla a su lado —allá y entonces, como ahora— tomada de su brazo. El viento le agitaría el cabello como la caricia de una mano distraída. Felices. ¿Felices? Es posible que ni siquiera fueran felices. Pero estarían juntos. Y envejecerían juntos. Y al final, quizá bajo un farol con trementina o un mechero de gas, una mirada rescataría lo que parecía perdido —allá y entonces— en la relación. Y eso sería suficiente, más que suficiente. ¿Pero por qué iban a cruzar la Alameda tan tarde? ¿A las diez de la noche? En ciertas épocas, como ahora, implicaría un indudable peligro. Y seguramente sería un problema entrar porque la Alameda tendría rejas y puertas de hierro y no se habrían cegado las acequias que la rodeaban. Pero él encontraría la forma de entrar y ya ahí, con un peligro inminente alrededor y un viento que agitaría los álamos desde la raíz con un crujido como de queja, le diría a ella: tal vez cuando me muera me vaya a una época y cuando tú mueras te vayas a otra, pero nos buscaremos y nos llamaremos. Y nos bastará estar cerca o cruzarnos fugazmente para que nos reconozcamos. Tú sabrás que soy yo y yo sabré que eres tú. Y si yo paseo solo por aquí mismo dentro de cien o doscientos o trescientos años, no será sino porque te deseo como si estuvieras presente, porque acabo de dejarte en algún sitio del que no te pude rescatar, pero al que encontraré la manera de regresar. Y aunque no regrese a ese lugar en ese tiempo, en el siguiente volveremos a coincidir sin remedio. Hasta que nos hartemos de jugar a las reencarnaciones y nos larguemos a la estratósfera para convertir nuestro amor en una sola y pura luz.

Los escritores

Nos preparamos para ser escritores. Con los años, y por diferentes razones, abandonamos la escritura, pero nos seguimos viendo. Antes de afrontar los riesgos de un triunfo solitario, preferimos perecer unidos en el mismo naufragio.

Somos mártires

Las iglesias continúan cerradas y mi mamá insiste en que sólo la misa, la confesión y la comunión constantes y fervorosas —desde muy niño fui acólito— pueden salvarnos de la condena eterna. Por eso, a pesar de los riesgos que nos implicaba, mi mamá me llevaba todas las semanas a una casona en San Ángel, en cuya capilla el padre Beltrán oficiaba unas misas clandestinas. Por desgracia, y como era de temerse, hace unos días nos cayeron encima los federales, algo horrible.

A últimas fechas, mamá no habla de otra cosa. Me cuenta de cristeros a los que se les atraviesa el cuerpo con la bayoneta y luego se les arrastra por las calles del pueblo del extremo de una cuerda. El cadáver se cuelga, se exhibe para dar ejemplo, lo oyó de muy buena fuente.

A otros se les decapita, se les descuartiza, se les deshuesa, se les desuella vivos, se castra al moribundo, se entrega a los perros y a los cuervos el apestoso muerto católico.

El general Eulogio Ortiz, en Puebla, fusiló a uno de sus soldados tan sólo por descubrirle en el cuello un escapulario.

Me encantan el tono y las actitudes de mamá al emocionarse. La mano suelta en el aire parece seguir unos compases secretos.

Bueno, y estaba el caso —tan sonado— de la santita que en un pueblo de Jalisco hacía milagros y sólo por eso la torturaron y la quemaron viva.

Desde recién nacida, cuando la santita lloraba sólo podían consolarla pronunciando los nombres de Jesús y de María. No bien empezó a mover los labios, esos nombres fueron los primeros que supo balbucir. Aun antes de que aprendiera a caminar, la descubrieron con las manitas levantadas al cielo y los ojos en oración, anegados en llanto. Y apenas pudo hacerlo, frecuentemente desaparecía de su casa para ir a la iglesia más cercana a postrarse ante el Santísimo, como si adivinara que iba a estar expuesto. Como que le hablaba, entablaba un diálogo secreto con el gran ojo dorado, omnipresente, que la miraba desde el altar. ¿Imaginas el privilegio de una santita como ella en México, hijo?

Sí, mamá.

Cuando el jefe de la policía se enteró de los milagros que realizaba, mandó que fuera atada y conducida a la cárcel del pueblo, y empezaron por azotarla brutalmente.

¿A una santita mexicana?

El jefe de la policía decretó que la atormentaran con todo género de suplicios. Fue extendida en un caballete de martirio y con garfios de hierro despedazaron bárbaramente sus tiernas carnes. Le aplicaron hierros ardientes en el pecho y en el costado.

La hundieron en un baño de cal viva para causar un ardor insoportable a sus entrañas. Pero cuanto más aumentaba la furia de los torturadores, al unísono aumentaba la fortaleza y la alegría de la santita, cuyos labios no dejaban de exhalar alabanzas y acciones de gracias al Señor y a María.

¿Todo eso es cierto, mamá?

Me lo contó el propio padre Beltrán, y él lo supo por un testigo presencial.

Cuando me pongo nervioso, empiezo a frotarme las manos como si las tuviera sucias, y después pienso que los otros van a creer que las tengo realmente sucias, y ya no sé qué hacer con ellas. Antes mamá me daba un manotazo para que las dejara quietas, ahora sólo abre mucho los ojos.

Poseído por el espíritu del mal, el jefe de la policía mandó que la santita fuese atada a un tronco y que su cuerpo fuese materialmente asado con hachones encendidos.

¿La quemaron viva?

Es probable que para entonces ya estuviera muerta, pero aun así querían deshacerse hasta del último vestigio de su cuerpo.

¿Pero por qué, por qué, por qué?

Sentí que una lágrima me rodaba por la mejilla hasta la comisura de los labios. Era salada. Una gotita de mar.

Escucha el final de la historia, dijo mamá: en el instante mismo en que rindió su alma al Señor, de la boca de la santita se vio salir una paloma blanquísima que voló libremente hacia los cielos, como lo oyes.

Nosotros también llevábamos el corazón fuera del pecho desde que salíamos de la casa rumbo a San Ángel, con los misales en lo más hondo del bolso de mamá: nuestras armas secretas.

Por la actitud —con toda seguridad los ojos nos delataban—, podría suponerse que íbamos a cometer un delito; en realidad, como me aseguraba mamá, éramos soldados de Cristo en lucha contra el Anticristo, que había llegado a México a reclutar prosélitos.

Su mano apretaba la mía con una fuerza innecesaria. El tranvía recorría la avenida Coyoacán y tras la parada de Eugenia se enfilaba por el rumbo de la hacienda de Santa Rita hasta Mixcoac, entre llanos pelones, unas cuantas casas, milpas, vacas y cabritas olisqueando yerbas.

Al pasar frente a la puerta cerrada de una iglesia, la emoción me hacía imaginar que yo mismo la abriría tarde o temprano, ¿por qué no?, entre ramos y hosannas, y que serían mis manos consagradas las que restituirían al Señor en el ara vacía.

¿Lograré algún día ser sacerdote aquí, en mi propio país?

Porque a mamá y a mí nos han contado de seminaristas que andan por ahí, pobres, dispersos por la ciudad, anónimos, sin tonsura, ni sotana, ni casa, ni breviario. Otros, acobardados, desertan, y hay los que buscan refugio en los seminarios extranjeros.

En el Mercado de Mixcoac transbordábamos al tranvía que nos llevaba a San Ángel, hasta la Plaza del Carmen. En la tarde limpia, la piel muy verde del Ajusco destellaba.

Se nos recibía con mucho misterio y dedos en los labios. La dueña de la casa —una mujer flaquísima, envuelta en un chal negro, con una piel morena y apergaminada que se le hundía entre los huesos salientes de los pómulos y los brazos, y que caminaba en puntas de pie y siempre hablaba en murmullo— nos conducía a través de la sala a la capilla. Los gruesos cortinajes de las ventanas permanecían corridos y la luz de las velas temblaba, muy tétrica, sobre las vigas altas, las paredes con cuadros familiares, los espejos empañados y fantasmales, los muebles de madera y las vitrinas. Todos los presentes —una como galería de figuras de cera— nos saludaban muy serios, los misales eran nuestros distintivos, en los ojos lo que me parecía el brillo de la devoción. A mí, el olor a incienso y a flores deshojadas empezaba enseguida a reconfortarme.

El padre Beltrán es —o era, ¿todavía vivirá?— un hombre de mediana edad, con un como fuego interior que iluminaba sus ojos negros. Usaba el pelo engominado, un bigotito muy fino y tenía unas entradas que avanzaban por ambas sienes hasta media cabeza.

Apenas nos veía, decía lo de siempre:

—Ahora sí, en cualquier momento nos caen encima los federales. Me han dicho que no caben más católicos en las bartolinas de la Inspección de Policía.

También se hablaba de que el general Calles, con ocasión de la apertura del Congreso, anunció ostentosamente que ya había cerrado doscientos veintinueve colegios y trescientos catorce templos, capillas e instituciones de caridad. Y que su diabólica labor apenas empezaba.

Sin embargo, comentaba alguien con entusiasmo, el día de la fiesta de Cristo Rey hubo una peregrinación hacia la Basílica de Guadalupe como no se había visto en México. ¿Quién iba a reprimirla? Comenzó a las cuatro de la mañana y terminó a las ocho de la noche. De los cerros de los alrededores se vio bajar a hombres y mujeres en oleadas, los caminos que dan acceso a la capital se congestionaron, la calzada de Peralvillo era un río de gente. Los federales y los bomberos se resignaron a verlos pasar, incrédulos y con toda seguridad corroídos por la envidia. Niños con túnicas blancas y coronitas de espinas; mujeres que avanzaban dificultosamente de rodillas, desollándose, las manos encadenadas a los rosarios; hombres, también de rodillas, con escapularios de nopal.

—Yo vi a una joven de la alta sociedad con los pies ensangrentados.

—Yo a una familia como de clase media, todos descalzos. Seis niños y los papás. El papá, al frente, llevaba en las manos los zapatos de todos. Los niños no dejaban de llorar. Claro, pobrecitos.

—Un hombre traía la cintura ceñida con pencas espinosas.

—Había un grupo de catrines muy emperifollados que cantó partes del *Mesías* de Händel durante todo el camino. En el *Aleluya* no pude evitar llorar.

Mamá no podía guardarse su comentario predilecto:

—¡Como los primeros cristianos, hijo, como los primeros cristianos! —con unos ojos de en verdad estar ya en las catacumbas.

En ocasiones —y sobre todo por la insistencia de mamá con el padre Beltrán— se me permitía ayudar en la misa.

Levantar el borde de la casulla mientras tocaba la campanilla. Contemplar, desde mi insignificancia de adolescente arrodillado, cuando las manos privilegiadas elevaban la hostia y la sostenían en alto unos segundos, formando lo que parecía la cima de una inalcanzable montaña, el punto en donde todo se resuelve sin conflicto y sin dolor y resplandece eternamente. "Jesús tomó en sus santas manos el pan, lo partió y lo ofreció a sus discípulos al tiempo que les decía: tomad y comed todos de él, porque esto es mi cuerpo." El tintinear de mi campanilla, que por un instante suplía el tañer de las campanas de las iglesias de México, casi nada. Las respuestas en latín. Arrodillarme cada vez que cruzaba frente al tabernáculo. Cambiar de sitio el misal. Encender la palmatoria. Sostener la patena durante la comunión.

De regreso, como casi no habíamos comido durante el día —apenas un café con leche y pan por la mañana, y muy temprano—, en el Mercado de Mixcoac nos comprábamos unos elotes, cuyo sabor se me ha quedado en la memoria con una fuerza insólita. Yo, la verdad, me pasaba el día pensando en ese elote, que era como la verdadera recompensa a mi sacrificio. La tarde caía y empezaban a levantarse los puestos con verduras y frutas, los tenderetes con manojos de orégano, epazote, perejil, hierbabuena o manzanilla. Casi desde antes de bajarme del tranvía me llegaba el olor penetrante que despedía el bote renegrido, con la hoja de lámina que hacía las veces de tapa, la botella de chile piquín y el plato de sal encima. Una bocanada de vapor milagroso escapaba del bote cuando la lámina era hecha a un lado para dar paso a la mano que se sumergía en busca de los elotes calientitos. A mamá no le gustaba la avidez con que empezaba a roerlo apenas me lo entregaban, y decía:

—Con calma niño, con calma, que es pecado comer así.

En una ocasión, nunca lo olvidaré, se habían terminado los elotes. El estómago se me contrajo y una oleada de saliva amarga me subió a la boca.

—Se me terminaron, seño, qué pena, vea nomás —y la vendedora levantaba la tapa de lámina para mostrar el interior vacío del bote, el paraíso perdido—. Pero para mañana tempranito ya le tengo sus elotitos bien calientitos, seño.

Qué eterno sonaba ese mañana tempranito. Sobre todo, porque para mí la eternidad se extendía hasta la semana siguiente, cuando regresáramos de nuestra misa clandestina.

Hasta que la semana pasada, en plena misa clandestina, nos cayeron encima los federales, como si hubiera temblado la tierra, y todo se derrumbara a mi alrededor. Hasta escuché vidrios haciéndose añicos, aunque en realidad no hubo ningún vidrio que se hiciera añicos.

Estábamos apenas en el introito —yo repetía: *Quasi modo geniti infantes, alleluia*—, cuando se abrió la puerta de la capilla y una hilera de bayonetas apuntó sobre nosotros, contundentes y afiladas como centellas de metal.

¿Hacia dónde correr si estábamos en una ratonera? Qué doloroso llamar así a nuestra hermosa capilla, pero era la verdad.

Un par de jovencitas, entre aspavientos y gritos, se puso a dar vueltas alrededor de la reducida capilla, como hormigas espantadas.

La mayoría caímos de rodillas —yo corrí a tomarme de la mano helada de mamá—, en un movimiento conjunto y ondulado, como una alta ola que se abatiera sobre una playa, y el potente rumor de un padrenuestro retumbó en las paredes. Algún otro, sin embargo, avanzó de plano hacia la puerta con el pecho de fuera y la barbilla levantada, como dispuesto a que lo fusilaran cuanto antes. Una mujer interrumpió la oración con el grito de: "¡Viva Cristo Rey!", y todos la secundamos.

—¡Viva Cristo Rey!

El padre Beltrán, con la misma cara de angustia que le vi cuando le conté de mis visiones, inició un responso:

Libera me Domine, de morte aeterna, in die illa tremenda, quando coeli movendi sunt et terra. Dum veneris judicare saeculum per ignem.

Pero no eran los fusiles y las bayonetas apuntando hacia nosotros los que me hacían temer una catástrofe, sino las miradas alucinadas de los soldados. Pensé que un gesto, una sospecha, un grado más de fiebre en su permanente delirio, en su helada indiferencia hacia la muerte, los hubiera empujado en cualquier momento a disparar. Entonces, en efecto, hubiera tenido razón otra de las mujeres, hincada muy cerca de la puerta, quien gritó:

—¡Somos mártires!

Pero no dispararon sobre nosotros ni nos detuvieron, sólo hicieron pedazos el altar —¿cómo olvidar el instante en que vi volar el cáliz por los aires?—, luego nos echaron fuera de la casa, y al padre Beltrán, a él sí, se lo llevaron a empellones y al final casi a rastras. Estaba muy pálido y despeinado —con su pelo engominado sobre la frente— y continuaba en voz alta:

Dies irae, dies illa, calamitatis et miseriae, dies magna et amara valde. Dum veneris judicare saeculum per ignem.

Luego de un rato —en una casa cercana nos ofrecieron un té de hierbabuena con mucha azúcar, muy amables—, mamá y yo nos fuimos a nuestra casa temblando, con el miedo todavía papaloteándonos en el estómago. Ni siquiera nos pasó por la cabeza detenernos en el Mercado de Mixcoac a tomar nuestros elotes de costumbre, y sólo ya en la casa mamá me daría mucho migajón para recoger la bilis.

—Vamos a tener que buscar otra casa enseguida. Imposible que te quedes sin ir a misa —dijo.

El largo viaje

Una lata trabajar en la Ciudad de México y vivir en Cuernavaca. En especial los viernes en la noche. Para colmo, en un retorno, se le atravesó un camión de carga y estuvo a punto de chocar. Y luego, apenas pasando Tres Marías, de repente se le paró el auto. Dios mío, qué noche. Con su incapacidad absoluta para resolver los problemas mecánicos de un auto, no le quedaba más remedio que esperar a un Ángel Verde.

Pero media hora después no pasaba ningún Ángel Verde. En realidad no pasaba nadie, por ninguna de las dos carreteras, ni la de ida ni la de vuelta. Salió del auto y miró a su alrededor. Pero qué miraba. Y qué oía. Sólo el viento. Por un momento, tuvo la sensación de que el mundo estaba vacío. Más allá de la carretera sólo había una hilera de árboles, enmascarados por la noche.

¿Chocó con el camión de carga y lo olvidó?

Quizás estaba muerto y no se había dado cuenta.

La misa de nueve

Un hombre se enamora enloquecidamente de una mujer de la que se hace novio. Pero, a los pocos meses, ella lo deja por un antiguo pretendiente que regresa de un largo viaje y se casa con él.

El hombre sigue amándola y adquiere la costumbre de espiarla, desde detrás de una columna, en la iglesia a la que va a misa todos los domingos a las nueve de la mañana, conformándose con verla desde lejos.

Quince años después ella enviuda. El hombre la sigue espiando cuando va a misa, pero nunca se le acerca, conformándose con verla desde lejos.

Un fulgor de lo "otro"

El padre Roque nos comentaba en un viaje en que nos llevó a la Sierra Tarahumara:

—Supongamos que a este mundo nuestro le llegue un fulgor visible. Un puro fulgor visible de "lo otro". Qué transformación para una humanidad habituada, diga ella lo que diga, a no aceptar como existente sino lo que ve y lo que toca. Basta observar cómo los hombres se entregan al placer. No lo harían, o no lo harían hasta ese punto, si no vieran en el placer un asidero contra la Nada, un medio de burlar a la muerte. En verdad, si estuvieran seguros, absolutamente seguros de sobrevivir, ya no podrían pensar en otra cosa. Subsistirían los placeres, pero empañados y descoloridos, ya que su intensidad es proporcional a la atención que ponemos en ellos. Palidecerían como la luz de una lámpara ante el sol de la mañana. El placer sería eclipsado por la alegría…

Prolongación de la noche

Por las noches, después de cenar con su madre, se sentaba frente al ventanal de la sala y dejaba correr la imaginación —las luces de la ciudad resultaban un incentivo espléndido— abandonándose a los caminos que quisiera imponerle, asumiéndolos, llevándolos a sus últimas consecuencias. Les construía el escenario requerido con una delectación abiertamente sensual. Sentía en su cuerpo el reflejo de las situaciones fantaseadas, el ritmo acelerado del corazón cuando se acercaba a momentos climáticos. La emoción concentrada en el nuevo sabor de la saliva. Tenía cuarenta y nueve años y no se había casado, a pesar de que estuvo varias veces a punto de hacerlo. "No soporto vivir con mi madre, a estas alturas, pero qué hago si tengo que mantenerla y no he encontrado a la mujer de mi vida", le confesó en una ocasión a un psicólogo con el que hizo una muy breve terapia de tres sesiones.

—Más bien da la impresión de que usted no quiere irse del lado de su madre —contestó el psicólogo.

Una arruguita nació en su entrecejo.

—Claro que quiero irme y me voy a ir en cualquier momento.

Pero fue del psicólogo de quien se alejó.

La angustia pareció atemperarse cuando empezó a imaginar que no vivía con su madre, sino con una mujer un poco más joven que él, alta y rubia. No muy bella pero con un atractivo especial.

Durante el día, en la oficina, intentaba no perderse en esos laberintos porque invariablemente se veía afectado el trabajo.

Por las noches, en cambio, sentado en su sillón de pana verde y con una buena dotación de cigarrillos, podía volar a placer, sin ataduras, salir de sí mismo y ubicarse en cualquier parte con su nueva pareja, en el mejor sitio, contemplarse por fin como un objeto cabal, dotado de un esplendor pulimentado a base de anhelarlo profundamente, de trabajarlo durante las noches y algunos sueños.

Imaginó con detalle cada sitio al que iban, cada conversación que tenían, las risas por alguna broma que se hacían, cada mueble con que redecorarían el departamento. Todo sucedía en el vidrio como en una pantalla que recibía los acontecimientos de afuera, en el vacío, en la oscuridad: el crepitar de una como hoguera flotante, un escenario montado con trocitos de cartón. El mundo de atrás —el ir y venir de su madre en el comedor y en la cocina, el ruido de los trastes, el correr del agua, las voces apagadas de la televisión— permanecía aparte, a un lado, indemne.

Por fin, llegó la noche en que soñó que hacía el amor con la mujer inventada. Lo que más lo sorprendió al despertar fue recordar su corporeidad, lo delineado de sus facciones, sus senos pequeños, el brillo de sus dientes, lo sedoso de su pelo, los hoyuelos en las mejillas al sonreír, el vello fino y rubio de sus piernas y de sus brazos.

Unas noches después, era tal su excitación antes de dormirse, que se masturbó pensando en ella. Fue una sensación extraña eyacular con una mujer que sólo existía en su imaginación.

Alguna tarde le pareció descubrirla en la calle, cruzando fugazmente cerca de él, con ese mechón de pelo rubio que se paseaba por su frente.

En otra ocasión la vio reflejada en una ventanilla del Metro, donde la oscuridad del túnel ponía su azogue atenuado.

De pronto comprobó un detalle perturbador: mientras se sentaba frente al ventanal no existía para su madre. No que se olvidara de él por un momento y lo dejara abstraerse, no. Más bien como si no lo viera, como si no estuviera él ahí y ella se hubiera resignado a su ausencia.

Después, cuando apagaba el cigarrillo y se ponía de pie, todo volvía a la normalidad: conversaban, compartían algún noticiero televisivo, se daban un beso y las buenas noches.

—No te acuestes tarde. Luego, ya ves, se te va el sueño —le decía ella.

Pero una noche sintió que las realidades se interferían, competían entre sí, al descubrir que el brazo del sillón no era el suyo. Se volvió buscando el mundo de atrás, y apenas soportó unos segundos lo que veía. Enseguida regresó a la ventana, mirando hacia lo alto, hacia la parte más oscura de la noche. Intentó un último esfuerzo por recuperar lo que parecía irremediablemente perdido: el "otro" mundo (¿pero cuál?) donde supuestamente residían su cuerpo y sus recuerdos (¿reales?) y los "otros" seres con los que estableció un contacto distinto: compañeros de la escuela y la oficina, familiares, mujeres de carne y hueso con las que tuvo algún tipo de relación amistosa o amorosa. Mundo donde quizás hubiera logrado perderse en distinta forma a como ahora lo hacía, quizá, pero ya qué más daba: el brazo del sillón (que no era de pana verde sino de cuero negro) continuaba ahí, definitivo, tan contundente como el nuevo mobiliario del departamento, su respiración entrecortada, agitada y lenta a la vez, el temblor de las manos.

Dio una última fumada al cigarrillo y con una sonrisa que no pudo evitar a pesar del miedo, esperó a que la mujer rubia se acercara y le acariciara la nuca muy suavemente, pasándole la mano por el pelo, acercándole su pecho a la espalda, señal de que harían el amor apenas se fueran a la cama.

Hizo un último intento para comprobar lo inevitable.

—¡Mamá! —llamó.

Pero nadie le contestó.

La llamada

Coincidió con el primer pleito fuerte que tuve con Juan: de pronto sonó el teléfono y no era nadie.

—¿Quién es?

—No sé. Creo que nadie.

—Entonces cuelga ya; te estaba diciendo…

Todavía volví a preguntar ¿bueno? y esperé. Esperé lo más posible aunque nadie respondiera. Apenas colgué, continuó Juan con la retahíla de reclamos.

Esa noche sonó el teléfono un par de veces más y tampoco respondió nadie. Desperté sobresaltada y cuando sonó por segunda vez, ya casi al amanecer, el miedo me quitó el sueño. No podía despertarlo y decirle: Juan, tengo miedo de que alguien llama y nada más nos oye sin contestar, como si nos espiara, como si nos estuviera diciendo: sé que están ahí, sé quiénes son ustedes y ustedes no pueden saber quién soy yo.

No podía despertarlo y decirle que tenía frío y quería abrazarlo, meterme en su sueño tan plácido. Me senté en la cama, apoyé la espalda en la almohada y estuve mirando los restos de la noche en la ventana. Por primera vez, estaba segura, algo se había roto entre Juan y yo. Algo que estaba por romperse y finalmente se rompió.

Los días siguientes continuaron las llamadas sin que respondiera nadie y Juan se desesperaba. Los insultaba (¿a quienes?), quería arrancar el hilo, ya no volver a contestar.

Al principio yo también colgaba si no contestaban, pero luego me puse a escuchar el silencio al otro lado del hilo; algo que por momentos no era sólo el silencio o, mejor dicho, un silencio con otra cosa, quizás un lejano zumbido o una respiración que quería disimularse (estoy segura de haber escuchado una respiración que quería disimularse). Por lo demás, de nada sirvió el cambio de número: enseguida lo averiguaron (pero quiénes, por qué, para broma ya duraba demasiado).

Imposible renunciar al teléfono, como quería Juan. Mi padre estaba enfermo y en cualquier momento podía ponerse peor. Además, al poco tiempo a mí misma me empezaron unas fiebres altísimas que me obligaron a guardar cama y a estar sola en el departamento, con el teléfono al lado por si cualquier cosa.

El teléfono sonaba y sonaba, sobre todo en la noche, y casi nos acostumbramos a oírlo. A oírlo y a oír después el silencio del otro lado del hilo.

Pero también hubo una noche en que sólo lo oímos entre sueños y ninguno de los dos lo contestó. A la mañana siguiente me preocupé por papá, que acababa de tener una recaída. Me dije que por ningún motivo debía acostumbrarme a que sonara y ya casi no oírlo. En lugar de quitarle atención al teléfono, traté de ponerle más. Quizá por eso llegué a presentir las llamadas. Por ejemplo, una noche, al despertar de una pesadilla, me dije: va a sonar. Y sonó. Y cuando discutíamos y Juan me miraba con un brillo febril en los ojos, tan de él, el aparato sonaba sin remedio y yo lo sabía. Supongo que Juan también comenzó a intuirlo porque durante una de esas discusiones fue él quien dijo:

—Tenía que sonar ahora. Déjalo hasta que se cansen.

—Puede ser alguien, no sabemos —dije levantándome de la mesa y yendo al teléfono.

—¡Te digo que no! —gritó él y yo sentí una como bolita de espinas en el estómago.

—¿Por qué para todo tienes que gritar?

—Porque no entiendes… Sabes que no es nadie… No tiene caso que contestes.

Y no contesté.

Luego, a los pocos días, descubrí a Juan hablándole al silencio aquel del otro lado del hilo, haciendo cuevita con la mano para que la voz se fuera directamente al aparato y nadie más lo oyera. No escuché lo que dijo, pero después yo también me puse a hablarle al silencio.

—¿Por qué nos llama usted y no contesta? ¿O prefieres que te hable de tú, ya que nos conocemos tanto? Sé que estás ahí, del otro lado de la línea. Tienes que ser alguien, no puedes dejar de ser alguien puesto que marcas y te esperas a que contestemos nosotros, pobres ingenuos que suponen una relación normal de línea a línea. Y fíjate, amigo, que yo también te he oído cuando tú cuelgas, cuando te hartas de estar en silencio, nomás escuchándonos. Y he oído tu respiración, fíjate si no te conoceré. Sé que eres alguien como nosotros, que como nosotros tienes miedo de que se rompa la armonía a tu alrededor, de que te observen, como tú nos observas, sin que sepas quién te observa. ¿Qué es lo que buscas atormentándonos así? Escucha lo que te voy a preguntar, amigo, si es que tienes oídos para oír: ¿por qué quieres jugar a Dios con nosotros, pobres seres humanos asustados? ¿Hasta dónde quieres llevar el juego? Platiquemos entonces aunque tú no contestes, avaro infame.

Y, por fin, una noche todo se descaró. Resulta que, parece increíble, Juan me echó la culpa de las llamadas. Acabábamos de cenar (estábamos en una dizque reconciliación y habíamos bebido más de la cuenta) y Juan me besaba y me recorría el pecho con una caricia serpenteante, por encima de la ropa. No entiendo por qué, pero me volví a mirar hacia el teléfono, y sonó. Juan se puso furioso.

—¿Lo ves?

Me empujó con verdadera fuerza contra el respaldo del sofá, algo que nunca podría perdonarle. Ni tampoco podría perdonarle los gritos y los insultos. Le pedí que se fuera, y se fue. Hizo su maleta, sacó los pocos ahorros que teníamos guardados en efectivo y se fue.

Me sentí más tranquila (estaba harta de tanto pleito), y así, más tranquila y hasta yo diría resignada, me recosté junto al teléfono a esperar que sonara. Estando tan sola, ¿qué otra cosa podía hacer?

Nadar de muertito

Movido por la energía que el amanecer le daba, Pablo hacía largas exploraciones por los acantilados, trepando, saltando, maravillándose de todo lo insólito que descubría al pie de las rocas. Suyas eran las caracolas y su música de pleamar; suyos los careyes acorazados de topacios, que ocultaban sus huevos en agujeros que luego rellenaban y barrían con las escamosas patas; suyas las piedras negras, libres de la sal marina, que sólo se encontraban encima de las más altas rocas; suyas las gaviotas mitoteras que volaban a ras del agua. En fin, suyo era el interminable horizonte repentinamente encendido, ya dueño de sí mismo y de su poder. Primordial sensación de belleza gozada igualmente por el cuerpo y el entendimiento, que nacía con cada renacer del mundo. Belleza cuya conciencia, en tal soledad, se transformaba, para un joven tan emotivo como Pablo, en proclamarse dueño del mar, de la tierra, del abismo donde terminaba el cielo, como supremo usufructuario —él, él solo— de la creación.

Aquella mañana debían de ser menos de las seis cuando llegó al promontorio del norte y reconoció la mayor de las caletas, su predilecta. Se tiró al mar desde una roca. El agua estaba fresca y le provocó un gran bienestar dejarse llevar por las corrientes caprichosas. Nadando de muertito, en efecto, adquirió aquella mañana tal expresión de deleite en el rostro que parecía un iluminado favorecido por alguna inefable visión.

Se dejó llevar a la deriva, así, con el cuerpo totalmente relajado, y quizá se quedó dormido, o por lo menos al volver a abrir los ojos él tuvo esa sensación porque ya estaba en pleno mar abierto.

Empezó a nadar con desesperación y enseguida supo que las fuerzas no le alcanzarían para llegar a la playa.

Olas van, olas vienen, pero la playa aún le quedaba muy lejos.

Hacía esfuerzos inauditos por dar nuevas brazadas, por jalar algunas bocanadas más de aire. La ansiedad lo empezaba a ahogar.

En cierto momento, la resignación lo dejó más tranquilo. Pensó —todavía alcanzó a pensar— que de veras ningún destino es mejor que otro si lo asumimos. La sensación de que todo tenía que ser así y no de otra manera. Había nacido para esto, por absurdo que fuera. Toda su vida se reducía ahora a la preparación de aquel momento. ¿Por qué no perdía la conciencia, si ya no podía respirar? ¿Por qué, por el contrario, parecía aumentar? Todo era tan claro. Cada vivencia anterior, aun las más lejanas, las primeras de felicidad o de dolor, de rechazo o de amor, de rabia o de compasión, cobraban sentido allí y no antes, llegaban en el recuerdo a encontrar recién su destino.

La fuga

Después de tres años en la cárcel logró que le permitieran tener en su celda un caballete, una tela y pinturas.

Pintó a una mujer y dos niños reunidos, sonrientes, en torno a una mesa en un jardín, a la sombra de un manzano.

Se pintó al lado de ellos, también sonriente. Al final, con el último retoque, se metió él mismo al cuadro, con todo y pincel.

La comunión

Los papás de Margarita, mi vecina, eran ateos. La bautizaron por mero trámite social, pero nunca hizo su primera comunión.

—Para sentir a Dios dentro de ti necesitas comulgar —le dije.

—¿Pero cómo, si mis papás no me dejan?

—Entonces nunca vas a sentir a Dios dentro de ti.

Conseguí convencerla. Tengo gran influencia sobre ella porque somos vecinos desde que nació y soy un año mayor.

Creo que yo quería a Margarita de veras porque soñaba mucho con ella y me hubiera gustado darle un beso. Pero nunca se lo di.

Nos veíamos en su jardín o en el mío. Me regaló un anillo que, dijo, había sido de su abuelita. Fue un problema porque yo no sabía qué hacer con el anillo. Imposible ponérmelo y andarlo luciendo con su familia, y menos con la mía, que siempre se fijan todos en lo que traigo puesto.

La fila de comulgantes me pareció interminable. Por fin, el sacristán puso la palmatoria frente a mí.

—*Corpus domini nostri Jesu Christi.*

—Amén.

El sacerdote tomó la hostia del copón y la llevó a mi lengua, al tiempo que yo me golpeaba el pecho con el puño, cerraba los ojos un momento e iniciaba el rezo de una jaculatoria. Bajé la cabeza y muy discretamente —al avanzar el sacerdote con los demás comulgantes— saqué la hostia de mi boca y la guardé en el pañuelo con que simulaba secarme la frente.

Le expliqué a Margarita el significado de lo que íbamos a hacer. Estábamos protegidos por un alto manzano de mi jardín. La tarde era muy azul. Primero le pedí que se hincara, hiciera un acto de contrición y rezara conmigo.

—Señor mío Jesucristo, Dios y hombre verdadero...

No entendía bien y le dije que tratara de acordarse, rápidamente, de los pecados que pudiera haber cometido a últimas fechas.

—¿Como qué pecados?

—Lo que sientas que hiciste mal. Siempre hay cosas que uno sabe que no debió hacer.

Redondeó los labios y miró hacia lo alto.

—Déjame ver...

Le pedí que se concentrara en silencio en ellos y se arrepintiera.

—Ya.

Entonces, con lentitud —e hincados los dos lo más cerca posible—, tomé la hostia del pañuelo al tiempo que decía: *Corpus domini nostri Jesu Christi*, hice con la propia hostia la señal de la cruz frente a la cara de Margarita y se la puse en la lengua. Le pedí que la retuviera en la boca hasta que se disolviera sola, con los ojos cerrados, mientras rezábamos juntos un padrenuestro.

Al terminar, abrió unos ojos resplandecientes y como recién lavados. Unos ojos como no se los había visto. La miré fijamente. Bajé los ojos y tuve la sensación de que la besaba. Y que ella había sentido ese beso en sus labios aún más que si de veras se lo hubiera dado. No sé cuánto tiempo estuvimos así. El tiempo se nos fue. Luego nos pusimos de pie y la acompañé a su casa.

No volvimos a hacerlo y casi ni lo mencionamos en nuestras siguientes pláticas. Luego ella se cambió de casa y dejé de verla. Años después supe que se había casado y tenía hijos.

A mí me entró tanto rechazo por la Iglesia católica que no volví a confesarme, a comulgar y ni siquiera iba a misa. Seguía creyendo en Dios, pero me horrorizaban las religiones fundadas en su nombre.

De todas maneras, en las raras ocasiones en que entraba en una iglesia, recordaba a Margarita y aquella tarde en que le llevé una hostia para que comulgara.

Cerrar los ojos

Había un viejo que quiso morirse solo. Totalmente solo. Siempre lo había querido así. Morirse sin nadie al lado. Anhelaba tanto la muerte, desde hacía tanto tiempo, que no quería que lo cogiera de sorpresa, y se preparaba a cada momento, reverenciándola. Y cuando sintió que ya se le acercaba, mandó correr con gritos destemplados a todos los de la casa, ahuyentándolos como a bichos inoportunos, para recibir a la muerte sin compañía, para gozarla como él quería gozarla, para poner en práctica la actitud reverencial que había ensayado durante tanto tiempo. Y en la noche, cuando ya la vio de veras muy cerca y la voz se le caía como caliche, salió arrastrándose hasta la puerta con los ojos pelados, queriendo contarles a los demás cómo era la muerte. Cómo era el rostro de la muerte. Porque en contra de lo que supuso, necesitaba a la fuerza contárselo a alguien. Saber quién le iba a cerrar los ojos.

Encontró a ese alguien en un hombre que se había metido a su huerto a robarle unas naranjas. Un pobre ladronzuelo que debió de pegarse el susto de su vida. El viejo lo atrapó al vuelo, entre amenazas y persuasiones. Le contó lo que tenía que contarle y al final le agradeció que lo oyera y lo viera morirse, y luego que ya muerto, le cerrara los ojos. Y así, una vez escuchado, se murió más tranquilo.

El polvo de un libro viejo

Para gozar ciertos libros hay que bajarlos del estante alto de una librería de viejo. Hojearlo, oler profundamente su polvo, sentir cómo se interna en nuestros pulmones, pagarlo, abrir sus páginas con un abrecartas y ya luego lentamente leerlo.

El aprendiz

Soy aprendiz de dibujante, pero nunca he terminado un cuadro. En realidad sólo he tratado de pintar, desde los diez años, el árbol que tengo en el jardín que da a la ventana de mi estudio. Como siempre he vivido aquí —mis padres me heredaron la casa— nunca he renunciado a por fin lograr pintarlo de una manera casi perfecta, con el aura que percibo alrededor del árbol.

Ya tengo setenta años y son innumerables los bocetos que he hecho de él. Ya no me caben en los grandes baúles en donde los guardo. Pero sé que si renuncio a seguir intentándolo, mi vida perdería sentido.

Si llego a los ochenta, no sé por qué lo presiento, lo conseguiré convirtiéndome de alguna manera yo mismo en el árbol.

Vacuna contra el sida

En el momento del orgasmo, ella dijo el verso de un poema.

—¿Dónde lo leíste? Es bellísimo.

—No lo leí. Al eyacular, un hombre lo dijo y me lo aprendí.

La siguiente ocasión en que yo eyaculé con otra mujer, dije el verso.

Según me confesó después, se lo aprendió y al tener un orgasmo con su marido, lo dijo. Con toda seguridad, él también se lo aprendió. ¿Adónde llegaría la cadena?

Desde mi niñez aprendí a temblar

Desde mi niñez aprendí a temblar en el ápice de mis júbilos ante el presentimiento del dolor, cuyo arribo ha sido siempre inminente —mechones grises salpicaban los cabellos de Lorenzo y se le abrían unos profundos pliegues en la frente al empezar a hablar en el grupo de confesión—. Nunca me he equivocado. Ahora, hace apenas un par de años, conocí a la mujer con la que vivo y de la que me enamoré con locura apenas la vi. Trabajábamos en el mismo edificio sin saberlo. Una mañana coincidimos en el elevador. Yo presentía que ese día iba a sucederme algo importante. En especial al subirme al elevador, que de entrada se remontó jadeando y gimiendo varios pisos. Ya los jaloneos, las bruscas sacudidas de la caja de madera y vidrio al franquear cada piso me empezaron a poner nervioso (odio los elevadores). De golpe, se detuvo con una especie de hipo. El elevador abrió la puerta para dejar entrar la perspectiva interminable de un pasillo vacío, como de sueño, al final del cual la vi acercarse, correr para alcanzarnos. Apreté todo tipo de botones, entre empujones y reclamos, pero logré detenernos. Me dio las gracias con una ligera inclinación de la cabeza, que fue suficiente. Por un momento, la tuve tan cerca que alcancé a percibir la brisa de su olor hechizante. La veía de reojo y me parecía tan bella, tan distinta de la gente común, que no entendía por qué nadie se trastornaba como yo con su puro existir, con el punteo de sus tacones al dar los primeros pasos fuera del elevador, ya en la planta baja; ni se le desordenaba el corazón con el aire de los volantes de su falda al verla caminar; ni se volvía loco de amor todo el mundo con los vientos de su pelo, el vuelo de sus manos, la luminosidad de sus ojos al descubrirme a su lado, preguntándole desesperado su nombre, su teléfono, la oficina donde trabajaba. Dejé a mi familia, al mes vivía con ella y no hemos vuelto a separarnos un solo instante. No exagero si les digo que ni un solo instante, porque hasta conseguí su traslado a mi oficina, como secretaria auxiliar, y llegábamos y salíamos juntos del trabajo. Nos acostábamos a la misma hora, por la mañana abríamos los ojos al mismo tiempo, comíamos en el mismo sitio y —no se rían, por favor— compartíamos el menú. En una palabra, y a pesar de la contradicción aparente, un perfecto egoísmo de dos. Pero, repito, yo presentía que tal felicidad no era posible, era del todo imposible, y cuando descubrimos su leucemia, no nos sorprendió. Tenía que ser así. El cielo destruye a sus elegidos, dicen. Lo único que le pedí —una sola cosa y nada más— era morir con ella, al mismo tiempo y en el mismo sitio. El problema era ¿dónde? A nuestro alrededor se hubiera armado una alharaca de la que necesitábamos escapar. Por suerte, ella reaccionó al tratamiento y aguantó más de lo previsto. Pero ha llegado el momento de prepararnos para el final. Me puse a averiguar —en todos los campos, incluido el ético— y descubrí, por ejemplo, que Arthur Koestler fundó en los años ochenta una Sociedad de Eutanasia Voluntaria, que se dedica a dar apoyo a quienes deciden abreviar su agonía. Sus argumentos me parecen irrefutables. Crear una opinión pública favorable a la idea de que un adulto con una enfermedad grave o incurable tenga el derecho legal de recurrir a una muerte digna y sin dolor, si tal es su deseo expreso. Debemos reconocer que nuestra especie padece (aparte de otras insuficiencias obvias) dos graves desventajas biológicas, que además le son impuestas al entrar y al salir del mundo. Los animales paren sin dolor o con un mínimo de incomodidad. Pero por alguna rareza de la evolución, el feto humano es demasiado grande para el canal natal y su azaroso paso a través de este significa una prolongada y dolorosa tarea para la madre y (presumiblemente) una experiencia traumática para el recién nacido. De ahí que necesitemos parteras para ayudarnos a nacer. Una situación similar se produce en la puerta de salida. Los animales en general —a menos de que se destruyan entre sí o los destruyamos nosotros— mueren pacíficamente, sin grandes problemas. No conocí ni leí a ningún etólogo, naturalista o explorador que haya descrito otra cosa. La conclusión es irremediable: necesitamos parteras, también, para ayudarnos a desnacer o, al menos, tener la seguridad de que tal ayuda está a nuestra disposición. La eutanasia, como la obstetricia, es un correctivo natural —y humano— a una desventaja biológica. El propio

Koestler se suicidó en su departamento de Londres, al lado de su joven esposa, a la que amaba enloquecidamente. ¿Por qué nos tiene que llegar como un ramalazo el *amour fou* a los hombres maduros, por mujeres mucho más jóvenes, y por qué, en tantos casos, son ellas quienes enferman y mueren? La sirvienta encontró a los Koestler al día siguiente en el estudio del departamento, muy tiesecitos y helados, uno al lado del otro, tomados de la mano, con la jarra de té envenenado en la mesa de centro. Hasta el perrito que vivía con ellos estaba muerto por ahí. Todo muy inglés. Por el contrario, en la Ciudad de México el descubrimiento de nuestros cadáveres podría resultar tumultuoso, en especial por la visita de mi familia anterior y de la prensa amarillista. Imaginen la foto que publicaría de nosotros una revista tipo *Alarma*. ¿Dónde nos iban a enterrar, quiénes iban a asistir? Yo creo, estoy convencido de que mi actual esposa y yo vamos a seguir juntos en una vida posterior —y quizás en varias vidas posteriores— y por eso nos importan sobremanera los días siguientes a la muerte, nos lo ha advertido *El libro tibetano de los muertos:* siete días tarda el alma en desprenderse del cuerpo. Aconseja incluso que se le lleven ofrendas al muerto. Por lo pronto, me conformo con no salir en la prensa ni recibir, ya cadáver, los reclamos de mi ex esposa. Por eso, entre mis averiguaciones, supe de este lugar y, a pesar de los problemones para llegar, vinimos felices a morir aquí, entre ustedes.

Decimos de nuestro cuerpo: soy yo

Decimos de nuestro cuerpo: soy yo. Y he aquí que, de pronto, esa ilusión, ese espejismo, se desvanece. ¿Tu mujer, tu hijo, cualquier ser querido está en peligro? Corres a salvarlo y dejas en prenda los trozos de tu cuerpo para quien quiera recogerlos en el camino, como una ropa ya inservible. Te intercambias por el ser que amas y no tienes la sensación de perder en el cambio. Al contrario, en el supuesto sacrificio —que nunca es tal— por fin te reencuentras a ti mismo. El peligro que corre tu mujer, tu hijo, tu amigo, ha destruido no sólo la carne, sino el culto que le tenías a la carne.

Los mochos

Comparezco de nuevo ante ustedes. En un juicio anterior se me condenó a cadena perpetua en las Islas Marías por haber atentado contra la vida del general Álvaro Obregón. ¿Podría esta nueva comparecencia modificar el castigo?

Confesiones como la que he de hacerles atestiguan que a toda fe religiosa sobrevive, en la mayoría de los hombres, esta angustiosa necesidad de rendir cuentas. ¿Ante quién? ¿Ante un jurado invisible, como es el que ustedes integran? ¿Ante la posteridad? Tal vez. Pero, ¿no se tratará también, involuntariamente, de anticipar el encuentro con Aquel que nos dio el alma y que quizá la reclamará de vuelta en el instante menos sospechado? Nada que atempere ese encuentro puede resultarnos banal.

Aquella mañana del domingo 17 de julio de 1928 me despedí de mi esposa Pacita, le dije que iba a una excursión a Puebla, a la hacienda de unos amigos y que regresaría en un par de días.

En la casa Pellandini compré un bloc de dibujo y lápices. Comí algo en un café de chinos en la calle de Guerrero —unos bísquets que recuerdo muy bien porque se me atoraron en la garganta— y luego me fui directamente a la avenida Jalisco, a pararme frente a la casa del general Obregón. Llegué como a las doce y media y a la una vi que partían unos autos rumbo al sur. Pensé que probablemente por la hora irían a un restaurante. Tomé un taxi y le dije que los siguiera. Descendieron en La Bombilla. Pedí una cerveza en el bar. Aunque no lo había visto, me daba en el corazón de que ahí estaba el señor caudillo, como lo llamaban quienes querían halagarlo. Fui al baño y en uno de los reservados saqué la pistola de la funda, la coloqué bajo el chaleco desabrochándome un par de botones y me apreté lo más posible el cinturón. Cerré el saco para que no se viera la cacha y en el espejo del lavabo estuve un momento arreglándome el pelo e infundiéndome ánimos, como si el que se reflejaba en el espejo fuera en realidad otra persona a la que tuviera que terminar de convencer. Al primer mesero que encontré al salir le pregunté si no estaría por ahí el señor caudillo porque me habían mandado a hacerle unos dibujos. Contestó que, en efecto, el señor caudillo iba a recibir un homenaje y se encontraba en la mesa principal del patio. El corazón me dio un vuelco. Todo parecía organizado por la Divina Providencia. Para acercarme a él se me ocurrió hacer unas caricaturas de los comensales que estaban a su lado y mostrárselas luego. Había un ambiente festivo y la orquesta típica de Lerdo de Tejada tocaba "El limoncito", una pieza de lo más dulce. Me extrañaba que no me temblara la mano para sostener el bloc. No sé de dónde saqué esa tranquilidad; mejor dicho, sí lo sé: de mi fe en Dios. En esos tiempos no había fisuras en mi fe en Dios. Hasta tuve calma para pensar: "Esto es lo último que voy a hacer en la vida, dentro de poco estaré muerto, al lado de Jesús". Hice un boceto del señor Aarón Sáenz y se lo entregué. Asintió con una sonrisa de satisfacción. Luego hice el dibujo del señor Obregón y me acerqué a él. Volteó la cara sonriente, con bastante amabilidad y dijo:

—A ver, qué tal, joven.

Le entregué el dibujo y se puso a verlo con mucha atención. Me pasé el bloc de la mano derecha a la izquierda, maquinalmente, casi sin darme cuenta, sin pensar en mis movimientos. Saqué la pistola y no me costó ningún trabajo encontrar el gatillo —no sé por qué, pero era lo que más temía: que no pudiera encontrar el gatillo—. Disparé.

Quizá fue por efecto del fogonazo o por mis nervios, pero vi todo nublado. Me detuvieron, aunque no supe quiénes; me quitaron el arma, se me cayó el bloc, recibí algunos golpes.

Entonces comprendí que había fallado, que el tiro dio en el dibujo, porque vi de pie ante mí al mismísimo general Obregón blandiendo la hoja agujerada y gritando:

—¡No lo maten! ¡No lo maten! ¡Lo quiero vivo!

Me llevaron a la inspección de policía, en donde me torturaron. Me escupieron, me vejaron, me jalaron los testículos con una fuerza insufrible. Me colgaron de un cordel delgado que me mantenía suspendido en el aire, a medio metro del piso, amarrado por los pulgares de las manos, por los pies y por el pecho. En esa posición era golpeado salvajemente cada vez que bajaba un pie al suelo. Yo lo resistí todo, recé el rosario mentalmente, repetí la oración cristera, me encomendé a Dios y a mi ángel de la guarda. De vez en cuando me tomaban el pulso para estar seguros de que no perdería el conocimiento y me decían que si les decía quién me había mandado a matar al general Obregón me dejaban en paz.

—Actué solo y me llamo Juan —me limitaba a contestar.

También me quemaron la cara con cerillos. Me jalaron los cabellos, escupiéndome a la vez, con un odio que nunca imaginé en un ser humano. Me apagaron cigarrillos en la espalda. Me picaron con alfileres por todo el cuerpo. Después vino la tortura psicológica. Una mujer empezó a gritar con dolor. Me dijeron que era mi mujer, Pacita. Pero no me conmoví porque sabía que no era ella, porque mentalmente estaba preparado para cualquier trampa que quisieran tenderme. Por fin, me permitieron descansar y dormir unas horas, al cabo de las cuales me avisaron que el general Obregón, personalmente, hablaría conmigo.

Me metieron en una pequeña celda y me dejaron amarrado a una pared. Ahí estuve horas —imposible saber cuántas— hasta que lo vi aparecer, acompañado por el jefe de la policía, el general Roberto Cruz.

El señor caudillo estaba ante mí, imponente, altivo, más vivo quizá de lo que nunca había estado. Llevaba en la mano —en su única mano— el dibujo que le había hecho horas —¿horas?— antes. Me lo mostró y me dijo de entrada, con una risa de lo más burlona:

—Mira, le diste al dibujo, no a mí, pendejo. Primero aprende a tirar.

Con esa misma risa burlona oí que le comentó al general Cruz:

—Ya ve usted, general, cómo nunca sabe uno por dónde va a saltar la liebre. Tan preocupado que estaba usted de que me pusieran otra bomba y yo le dije que no se preocupara porque siendo el restaurante La Bombilla donde íbamos a comer, tendría que ser una bomba muy pequeña.

También alcancé a oír que Cruz le decía que seguramente yo sólo había sido el instrumento de alguien más alto, y que, tarde o temprano, terminaría por confesar su nombre. Entonces, sin recato alguno, en voz alta, el general Obregón respondió:

—¿Posibles sospechosos? Primero, el actual presidente de la República. Segundo sospechoso: el líder de la CROM. Tercer sospechoso: el ministro de Gobernación. Cuarto sospechoso: el ministro de Guerra. Quinto sospechoso: el jefe de la Policía.

Cruz se puso muy nervioso y respondió:

—Señor, yo soy incapaz, pruebas suficientes le he dado de mi fidelidad a usted y de mi entrega incondicional a la Revolución.

Pero el general Obregón lo interrumpió preguntándole qué habían logrado sacarme en claro.

—Nada, sólo responde que se llama Juan y que actuó solo.

Entonces el general Obregón pareció olvidar por un momento el buen humor con que había llegado y gritó:

—¡Pues jálenle más los huevos, carajo!

Y el general Cruz le explicó, muy serio:

—Señor, ya no se los podemos jalar más, de veras. Dieron de sí todo lo que podían dar. A lo mejor hasta se los reventamos porque parece que ya ni siente nada.

A lo cual replicó el general Obregón, tajante:

—A ver, déjenme intentarlo yo. Todo en este mugre país tengo que hacerlo personalmente.

Se acercó y me preguntó:

—¿Quién eres?

—Juan —contesté.

—¿Por qué lo hiciste? ¿Por qué trataste de matarme? ¿Quién te lo ordenó?

—No me lo ordenó nadie. Juro por la salvación de mi alma que obré solo. Lo hice para que Cristo pueda reinar de nuevo sobre las almas en México.

—Es cierto, yo nunca podré reinar sobre las almas. Pero las almas no se ven, aunque sean eternas. Son más bien como de aire, ¿no? En cambio los cuerpos es posible romperlos, magullarlos, aniquilarlos, cobrarles cuantas cuentas pendientes tengamos con ellos.

Al decirlo me dobló una de las manos que tenía amarradas a la pared, con fuerza. Debió sorprenderle que yo permaneciera impávido porque preguntó:

—¿Cuál es tu truco para soportar el dolor?

Sin pensarlo demasiado, le contesté la verdad:

—Me concentro en la sensación de dolor hasta que la adormezco.

—Lo suponía —y me volvió a torcer la mano y al mismo tiempo me dio un fuerte pisotón, que me provocó una aguda exclamación de dolor.

—Pero si le mando a tu cerebro dos señales de dolor al mismo tiempo, lo desquicio y el quejido es inevitable, ¿no? Como verás, podría provocarte una tortura que no resistirías. ¿Ve, general Cruz? Hasta para practicar la tortura son ustedes unos ineptos. Por el camino que iba, aunque le reventara los huevos, no iba a conseguir nada porque nomás lo adormecía más.

—No habíamos caído en la cuenta de que hay que mandarle dos señales diferentes al cerebro, mi general —contestó Cruz.

—¡Pues aprendan, carajo! ¿Hasta eso tengo que enseñarles yo? En cualquier manual de tortura francés del siglo pasado está claramente explicado. Lean, entérense. ¿Cómo vamos a mantener el orden en este mugre país si ustedes ni siquiera saben aplicar debidamente la tortura? Es más, mejor lárguense. Déjennos solos. Ya me tienen hasta la madre con sus ineptitudes. Yo me encargo de esto.

Nos quedamos solos el señor caudillo y yo. Ya sus anteriores palabras —y aquellos ojos tan fijos con que me miraba— me causaron una profunda angustia, como no la sentí en ningún momento con quienes me torturaron. Pareció adivinarlo, porque dijo:

—Tranquilo, muchacho, yo no necesito recurrir a medios tan burdos. Te digo que podría provocarte un dolor que no soportarías, pero no lo voy a hacer —y me empezó a desatar—. Se puede combatir a un presidente electo democráticamente por el pueblo de México disparando a bocajarro, como tú lo hiciste conmigo, pero hay que ser muy astuto contra la maldad desinteresada.

—La mía no es una maldad desinteresada —dije, medio que fingiendo cierta indignación. Sabía que mi mejor arma sería verme muy seguro de mí mismo.

—Llámala como quieras. Sabes muy bien que toda pasión profunda (y la tuya lo es, no tengo duda) requiere sin remedio cierto grado de crueldad. ¿O según tu Dios no deberías haber puesto la otra mejilla en lugar de tratar de matarme?

—Esta es una guerra. Una guerra que ustedes desataron.

—¿Una guerra santa?

—Sí, una guerra santa.

—¿Y así puedes justificar tu intención de matarme?

—Estudié el pasaje de la Biblia referente a Judith, que tiene muchos puntos de contacto con las actuales circunstancias, y lo que más me impresionó fue que Judith obró sola. Se necesitaba que alguien se sacrificara y evitara más derramamientos de sangre. Que no hubiera más sangre que la de usted y la mía.

—Así que sólo tu sangre y la mía… Es admirable, tengo que reconocerlo. En eso nos parecemos. La mayoría de los hombres son incapaces de vivir en un universo donde el pensamiento más descabellado penetre, así como ha penetrado en ti y en mí, a la manera de un cuchillo en el corazón. ¿No será que hasta nos parecemos? Al fin de cuentas eres tan impuro en tus ideales como yo en los míos. Porque si eres creyente, ¿no te preocupaba que mi alma se condenara?

—El problema es que mientras usted más vive, más condena su alma por su actitud antirreligiosa. Por eso al sacrificarlo le hacía un bien.

—Así que me hacías un bien. Pero como fallaste, ¿será señal de que ya nadie podrá detenerme y gobernaré este país por, digamos, unos cincuenta años más? A ver, ayúdame. Hoy tengo cuarenta y ocho años. En 1940 apenas tendré sesenta. En 1950, setenta. En 1960, ochenta… ¿Cómo irá a ser México en 1960? ¡Qué privilegio conocerlo, gobernarlo! Carajo, muchacho, de lo que estuviste a punto de privarme, y privar a México, si me hubieras matado.

Me sorprendía su humor, y hasta más miedo me daba. Había oído que a veces tenía esas reacciones con quienes momentos después, a sangre fría, mandaba sacrificar, aunque nunca imaginé que fueran reacciones tan joviales. Hasta pensé que él mismo, en cualquier momento, podía sacrificarme ahí, sin siquiera un juicio. Pero en lugar de eso me dijo que me sentara con él a la mesita que había en la prisión, que estaba cansado, había sido un día de mucha tensión —por poco y lo mato, casi nada— y prefería que platicáramos.

—Mira esta arma —me dijo, mostrándomela—. El arma con que intentaste matarme. ¿Tienes idea del significado que guarda para mí? ¿Sabes que hace unos días acababa de sufrir otro atentado en Chapultepec? Pusieron una bomba abajo de mi auto, se hicieron pedazos los cristales y me hirieron en la cara y en el brazo. Hace trece años una bala me hirió en una pierna; era tan grande la herida que creí que me iba a desangrar. El brazo lo perdí por una granada que explotó a mi lado. Me provocó tal desesperación verme sin el brazo que con la mano que me quedaba intenté suicidarme, con mi propia pistola. Por suerte, el teniente coronel Jesús Garza, que estaba junto, me lo impidió. También, hace poco, dejaron como criba el tren en que viajaba rumbo a Celaya. Hasta la baraja que tenía frente a mí la volvieron confeti. Pendejos. ¿Qué me hicieron? Nada. Nunca me hacen nada, aunque tengo que saber quién quiere hacerme algo, ¿no? Y tú sabes quién quiere hacerme daño, tú lo sabes mejor que nadie. Los católicos han sido utilizados por mis enemigos. Por eso, si me dices quién te mandó matarme, te perdono la vida. Por esta. Aunque no soy creyente te lo juro por esta —y besó la señal de la cruz—. Pero si no me lo dices te mandaré fusilar y ni siquiera permitiré que tengas el auxilio espiritual de un sacerdote.

—No necesito el auxilio espiritual de un sacerdote. Estoy salvado por el simple acto de haber intentado matarlo...

Sonrió.

—Por el simple acto de haber intentado matarme... y dejarme vivo... Quizás es cierto. Entonces a lo mejor yo también me salvo... dejándote vivir.

Y volvió a sonreír.

Y sí. Allá de donde vengo, de ese infierno que es las Islas Marías, lo difícil es continuar vivo un día más. El martirio es vivir, simplemente. ¿Y no será que ese vivir cotidiano, doloroso, es suficiente para salvarnos? Hoy pienso en todos los dolores que me hubiera ahorrado si, como castigo por haber atentado contra la vida del general Obregón, tranquilamente me mandan fusilar. Pero Dios quiso que mi verdadero castigo fuera este: seguir vivo. Como también hoy comprendo que el peor castigo que pude infligirle al general Obregón fue... no matarlo.

En algún momento, dentro de lo que parecía su buen humor, me mostró su muñón.

—Mira, los dos somos mochos, en eso nos parecemos.

—Sí, somos mochos los dos, pero por causas muy distintas.

Me indignaba su humor, pero la verdad es que me invadía un miedo creciente. Casi pensé que prefería el tormento anterior que le habían aplicado a mi cuerpo. Podía yo adormecer el dolor, ¿pero cómo esconderme de esa voz, de esos ojos encendidos, de esas burlas que profanaban lo más íntimo y sagrado que había en mí? Él debió de notarlo porque al ver mis manos temblorosas me dijo:

—No tiembles, porque si tiemblas te delatas y te vuelves vulnerable. Aunque supongas que te voy a matar, tienes que parecer imperturbable. Mantente en tu decisión de cambiar tu vida por la mía. Esa decisión es tu única grandeza, muy especialmente ante mí.

—No tengo miedo de morir. Mi cuerpo podrá tener miedo, pero yo no.

Entonces él empezó a hablar y a hablar. Circunnavegaba la mesita de la prisión y gesticulaba, pero ya ni siquiera se dirigía a mí:

—Tú no sabes si te voy a matar, ¿verdad? Y sabes que en estos momentos de nada gozo tanto como de despertar tu miedo. Comprobar hasta dónde puedo acrecentarlo, hasta dónde puedo lograr que te resulte insoportable, y me confieses de una vez por todas la verdad. ¿O lograrás controlarlo como yo controlo el mío? Tú tienes la ventaja de creer en Dios. En cambio, yo lucho con mi miedo a sabiendas de que pasaré… de esta nada viva… a una nada muerta. Es más meritorio mi esfuerzo, ¿no crees? ¿O crees que no tuve miedo cuando te vi acercarte a mí, justo por el lado donde me falta un brazo… me falta un brazo para levantarlo, para defenderme, para detenerte, para golpearte? ¿O crees que en ese momento no presentí lo que ibas a hacer? ¿Y no lo presentí desde que te lancé el guante cuando declaré que perdería la vida si alguien estaba dispuesto a cambiar la suya por la mía? Tengo en la memoria cuanto rostro se ha cruzado frente a mí, ¿sabes que soy capaz de recordar el orden completo de una baraja dispuesta al azar con sólo ver las cartas una vez?, pero el tuyo no lo reconocí y a últimas fechas me ha entrado un verdadero pavor ante un rostro desconocido. Pero ese miedo se vuelve fascinante cuando lo controlas, cuando te vuelves dueño de él, cuando en lugar de paralizarte te obliga a actuar más, a poder más, a arriesgarte más. Si me ha sido tan fácil matar a los demás es porque descubrí lo fácil que es para mí morir. Desde niño aprendí a luchar contra los elementos naturales. Las heladas, el chahuixtle, la lluvia, los huracanes, el sol del desierto. Puro entrenamiento para vencer el miedo. Fíjate, a los quince años trabajaba yo en una hacienda de mi hermano Alejandro, situada como a treinta leguas de Huatabampo, donde vivíamos. Una noche, me desperté sobresaltado, llorando y con una angustia que no me dejaba las manos quietas. Mi hermano me preguntó qué me sucedía y le conté que acababa de soñar que nuestra madre se moría... Clarito veía cómo se le alejaba el aire y se volvía un puro montoncito de huesos. Mi hermano le echó la culpa a la cantidad de frijoles que habíamos cenado y muy tranquilo se volvió a dormir. Pero yo ya no pude pegar los ojos, y casi te diría que ni siquiera me sorprendí, el verdadero miedo ya lo había sufrido antes, cuando al amanecer escuchamos el galope de un caballo que se acercaba a la casa de la hacienda. Era un enviado que iba a informarnos que mi madre había muerto de un ataque al corazón esa misma noche en nuestra casa de Huatabampo. Así me ha pasado con todo. Con todo y con todos. ¿Tú crees que no supe, desde mucho tiempo antes, que Pancho Serrano —mi mejor amigo— me iba a traicionar? ¿Y crees que no supe que también me iban a traicionar Benjamín Hill, Ángel Flores, Arnulfo Gómez, y hasta lo peligroso que era Felipe Ángeles desde la primera vez que lo vi? ¿Y crees que no supe el peligro que corría metiéndome en la guarida de Pancho Villa, así, desarmado, dizque para demostrarle mi buena voluntad y despertar su confianza? Si alguien conocía bien a Villa era yo, ah, pero qué voluptuosidad enfrentarlo aparentemente sin una gota de duda... Me cachó en una triquiñuela y eso Villa no lo perdonaba. Enseguida mandó formar el pelotón de fusilamiento. Entonces le pedí que como última voluntad le entregara a mi hijo una carta que acababa de escribirle.

Villa la leyó y se soltó llorando, y ya no fue capaz de matarme. Siempre guardo conmigo esa carta. Mírala. Hay una parte en que dice: "Queridísimo hijo: cuando recibas esta carta habré marchado con mi batallón para la frontera norte, a la voz de la patria, que en estos momentos siente desgarrada sus entrañas, y no puede haber un solo mexicano de bien que no acuda. Moriremos, pero moriremos bendecidos por la Revolución. Yo lamento que tu cortísima edad no te permita acompañarme. Pero te digo que si me cabe la suerte y la gloria de morir en esta causa, que la Revolución bendiga también tu orfandad y con orgullo y la cabeza en alto podrás llamarte hijo de un patriota, porque la patria es primero, antes que cualquier otra cosa y por eso no puede haber mayor alegría que dar la vida por ella…". ¿Podría yo suponer que esa carta a mi hijo me salvaría la vida? ¿Con un hombre tan impredecible como Villa? Por supuesto que no. Mi buena suerte me salva siempre en el último momento. Ah, pero qué sensación de poder se puede comparar a esa de tener siempre a la muerte presente. Y quizá, fíjate, ha sido esa facultad que he tenido de presentir la muerte, de verme yo mismo ya muerto, la que me ha permitido vencer el miedo. Casi diría, de jugar con el miedo. Por eso la muerte es hoy mi gran curiosidad. Lo único que realmente me queda por conquistar, lo que tú llamas Dios, y que yo llamo simplemente "Eso", me intriga, a pesar de mi falta de fe, como ya nada logra intrigarme aquí en la Tierra. Me busca. Me apremia. Aquí lo tuve todo y ya me aburre. Superé a todos en todo. En valor. En batallas. En batallas reales, pero también en astucia política. Y sin embargo, sólo me rodean el odio y la envidia, casi como un mal olor. Sé que me engañan por hábito, por complacerme, que pago altas cuotas por cada adulación que me brindan, que recluto a mis colaboradores por la fuerza, que me mienten por miedo. Pensé que regresar a la Presidencia me iba a dar un nuevo aliento y nos iba a reconciliar, pero no es cierto. Tú no hiciste sino concretar lo que estaba en el aire, en el ánimo de todos. Yo lo sabía y por eso mi desesperanza, y por eso hace apenas unas semanas, antes de regresar a la capital, relacioné el ladrido de los perros de mi rancho del Náinari, con la jauría de aquí, que tanto anhela mi sangre. "¡Cállenlos de una vez!", ordené. Pero los perros siguieron aullando y ladrando en forma insólita. "Denles carne fresca. La mejor carne fresca que encuentren." Pero la carne fresca tampoco los calmó. Al cabo de una hora de ladridos crecientes, yo, el último caudillo de la Revolución mexicana, creí ver en la tenacidad de la jauría un augurio formal de mi destino. "Sé lo que quieren esos malditos perros…", les dije a los colaboradores con los que trabajaba en ese momento. "¡Quieren mi sangre!" Imagínate su asombro, la cara que pusieron. Como si en realidad les hubiera dicho: "Sé que alguno de ustedes, dentro de muy poco tiempo, me traicionará, me venderá a mis enemigos, provocará el derramamiento de mi sangre." Todo esto no tiene remedio, se nota, se adivina, se huele… Un periodista escribió hace apenas unos días: "Desde la muerte de Pancho Serrano, el general Obregón parece en otra parte. ¿Ha disminuido

105

su vitalidad? Lo cierto es que sus ojos dan una impresión de vacío y en su rostro se advierten señales de fatiga. Tiene cuarenta y ocho años, pero se ve de setenta." Eso escribió y es cierto. ¿Cómo podría yo ocultarlo? ¿Y cuál sería el caso? La verdad es que me darán las gracias por desaparecer. Ya sin mi molesta presencia me elogiarán porque salí de mi hacienda a jugarme la vida, porque sólo un trajín guerrero como el mío pudo ser símbolo de una Revolución verdadera, porque domé hombres y ríos, porque vencí en cuanta batalla participé, y porque penetré una naturaleza de picos ariscos, inalcanzables, o de desiertos planos y ardientes, que existían en la soledad más abrupta, sin la huella humana. Llegué a ella para ahí acabar con todos y con todo. Todo lo violé. Los hombres, los indios, las mujeres, las creencias, los ideales, los poblados y las ciudades, las noches estrelladas del desierto, la amistad, el miedo de los demás, sus sentimientos más íntimos… Ellos, desde su pobre burocracia, evocarán a esos hombres y a esos lugares conquistados por mí. Me envidiarán, me justificarán y me levantarán monumentos porque ellos no tendrán nada que los justifique. Justificación… qué palabra para los hijos de la Revolución mexicana, ¿eh? Por eso se escudarán detrás de mí para justificar la rapiña en nombre de la Revolución. "Si lo hizo Obregón, ¿por qué yo no?" La rapiña que, ya sin ideales ni campos de batalla, será la única meta a alcanzar… Es cierto lo que dijo ese periodista. Tengo cuarenta y ocho pero me veo de setenta, y estoy muy cansado. Qué hueva llegar al 1960 a los ochenta años, ¿no? Seguir con las mismas estratagemas políticas, mentir cada vez que abres la boca, intuir en todo momento el odio y la envidia a tu alrededor, reprimir manifestantes en las calles, hacer trampa en las votaciones de cada periodo presidencial, robar y dejar robar mientras un mayor número de mexicanos se empobrece más, sacrificar más y más gente y quizás hasta a alguno que haya sido tu mejor amigo… renunciar a tener amigos porque son los más proclives a traicionarte… La última broma que le hice a Pancho Serrano fue demasiado amarga, porque se la hice ya muerto. Hay que tener cuidado con las bromas que les hacemos a los muertos, porque tienen más posibilidades de venganza que nosotros, que aún estamos vivos. Serrano murió en Huitzilac el día de su santo, y cuando fui a la morgue a reconocer su cadáver, pues quería verle el rostro por última vez, le levanté la cabeza tomándolo por el cabello y le dije, riéndome: "Tu cuelga, Pancho". Pero sus ojos muertos me miraron fijamente (¿has notado la forma tan fija en que nos miran los ojos de los muertos que hemos amado?), se me quedaron dentro y ya no voy a poder sacármelos de ahí. En realidad ya no voy a poder sacarme los ojos de todos los demás… Mi soledad está plagada de muertos, y me pesan, me doblan, me envejecen (mi edad más puede medirse por el número de muertos que cargo encima, que por el número de años vividos), me llaman todos a rendir cuentas allá, ante "Eso"… El verdadero juicio que viene ahora es el mío, no el tuyo, José de León Toral. Por eso quería pedirte el favor…

Y el general Obregón me extendió la pistola, mi pistola, con la que había atentado contra él unas horas antes. Yo quisiera en estos momentos, señores del jurado, purificar mis labios con los carbones encendidos de Isaías, para que de mis labios no saliera palabra alguna que no fuese verdad. Yo querría estrujar mi corazón para que cada uno de mis latidos respondiera a una palpitación de absoluta verdad, porque la verdad es justicia, y sólo la verdad nos salvará y nos hará libres. Por eso reitero aquí, ante ustedes, que a pesar de lo que tanto se ha dicho, no fui yo quien acabó con la vida del general Obregón.

Sostuve un momento la pistola en la mano y no supe qué hacer con ella. Porque ya no me atreví. De plano, ya no me atreví. Unas horas ahí con él, en la pequeña celda de la Inspección de Policía, habían sido suficientes para darme cuenta del absurdo que había cometido, que iba a cometer —¿qué tiene que ver Dios, si es que existe, con toda aquella maraña de sentimientos confusos, de impulsos ciegos e intereses mezquinos?—, y que la única manera de escapar de la trampa —de aquella y de esta de ahora— es, simple y sencillamente, volviéndole la cara al poder. Volviéndole la cara a cualquier forma de poder, terrenal o celestial, de aquí abajo o de allá arriba.

Entonces el propio general Obregón tomó la pistola y la llevó a su sien…

Una al lado del otro

Arribó a un lugar en donde las personas no se encontraban aunque estuvieran una al lado del otro. Oyó decir a una pareja:

—Amor mío, ¿dónde estás?

—Aquí, junto a ti.

—Pero no te veo, acércate.

—Estoy tan cerca de ti que estamos tomados de la mano.

—¿Tomados de la mano?

—Sí, tomados de la mano. Siente mi mano en la tuya.

—Es cierto. Te amo tanto que no soltaría tu mano por nada del mundo. Lo que no logro es verte a los ojos. Quiero verte a los ojos.

—Quizá tengamos que voltearnos para buscarnos por otro lado.

Y los dos se volteaban al mismo tiempo y volvían a quedar tal como estaban antes.

Un turbio pedazo de plomo

Abrió la ventana y miró el atardecer, en el que un último sol abría su suntuosa cola de pavorreal en el horizonte. Los árboles rumoreaban frente a él. Escuchó el cónclave mitotero de los pájaros, a punto de emprender el vuelo. Recordó la ocasión en que, desde esa misma ventana, vio a una bandada de pájaros en otro atardecer. De pronto, uno de ellos perdió altura, giró sobre sí mismo como un turbio pedazo de plomo, y se precipitó hacia el suelo.

Hora de irnos

—¿Le tienes mucho miedo a la muerte? —le preguntó un amigo indiscreto.

—No, si tengo quién me ayude al final.

El amigo le consiguió una mujer que empezó a visitarlo al día siguiente. Hablaron largamente de lo que iba a suceder. Al mero final, ella le dijo:

—Vamos a ver, pues. Nada que nos confunda. Nada más que el hecho simple de morir con sencillez. ¿Qué más? Pero cuidado con las arenas movedizas que quieren hundirte en el miedo, en la piedad hacia ti mismo y en la desesperación. Por eso, camina con suavidad. En puntas de pies si es posible y sin nada de equipaje, ni siquiera una maletita ligera, sin carga alguna… Déjalo todo, no llevas nada, ¿verdad?

—Nada —respondió él con unos ojos negros y redondos, como bolas de goma, fijos en un punto indefinido del techo. La muerte ya está ahí, pensó ella. Si me asomara al fondo de esos ojos, la distinguiría con toda claridad.

—Ni culpas ni remordimientos —agregó la mujer.

—Nada.

Un instante después, él pareció rendirse, renunciar al esfuerzo —sobre todo eso— de mantener los ojos abiertos.

—Me voy a dormir, no puedo más. Pero tú sígueme hablando, por favor.

Ella siguió hablándole muy bajito, al puro oído, con esa voz dulzona, aunque tan sugestiva y melodiosa.

—Flotas en ese gran río liso y silencioso que fluye con tanta serenidad que podría pensarse que el agua está dormida. Un río dormido. Pero fluye irresistiblemente. La vida fluye silenciosa e irresistiblemente hacia una paz viviente, tanto más profunda, tanto más rica y fuerte cuanto que conoce sus dolores y desdichas, los conoce y los acoge y los convierte en una sola sustancia. Y hacia esa paz estás flotando ahora, flotando en ese río liso y silencioso, que duerme pero que es irresistible.

Él resopló con un ruidito pedregoso. Quiso decir algo, pero ya no lo logró.

—Dormido en el río que duerme —continuó—. Y por sobre el río, el cielo pálido y las nubes blancas. Y cuando uno las mira, empieza a flotar hacia ellas. Sí, flota hacia arriba, y el río es ahora un río en el aire, un río invisible que nos lleva cada vez más alto. Salimos de la calurosa llanura y sin esfuerzo vamos hacia la frescura de las montañas. Qué fresco es ahora el aire. Fresco y puro, cargado de vida.

Él jalaba unas bocanadas de aire que ya no alcanzaba a tragar. El llanto de un recién nacido y el estertor de un moribundo, pensaba ella. Vaya voces.

—Ahora puedes soltarte, amigo mío —le recorría el pelo con una larga caricia ondulante—. Abandona este pobre y viejo cuerpo. Ya no lo necesitas. Deja que se desprenda de ti. Suéltate ahora, suéltate del todo. Deja aquí ese cuerpo gastado, y sigue adelante. Sigue, avanza hacia la luz, hacia la paz, hacia la viva paz de la clara luz.

Finalmente, tomó una de las flácidas manos del hombre y la besó.

—Es hora de irnos —dijo.

"¿Quién está ahí adentro?"

A veces, cuando estás dormida a mi lado, te pregunto, sin que me oigas: "¿Quién está ahí adentro?".

La cama

Fue como a las dos noches de que murió mi mamá. Soñé con ella con una claridad deslumbrante. Se sentaba a mi lado en la cama (del otro lado, como siempre, dormía Anabela con un ronquido rítmico y silbante).

Mi mamá me tomaba una mano y decía que había ido a despedirse (yo no estaba cuando murió, aunque vivía con nosotros), que no me preocupara, estaba bien donde estaba.

A la mañana siguiente no le conté nada del sueño a Anabela, sentí como que estaba todo demasiado fresco e iba yo a llorar y, quizás, hasta a contagiarla. La sorpresa (y lo que sí me hizo llorar y contarle todo) es que al poco tiempo de pararse y salir de la recámara, aún en piyama, regresó con unos ojos enormes y con voz medio temblorosa me dijo:

—Ven, mira, acabo de pasar frente a la recámara de tu mamá y su cama está deshecha, alguien durmió ahí anoche, justo anoche, cuando soñé que venía a despedirse.

El vecino del siete

El vecino del siete descubrió un buen día que le era del todo imposible dormir en su propia casa, algo catastrófico —los cuatro niños de todas las edades, que danzaban a su alrededor desde muy temprano con gritos y llantos feroces, el gato que se trepaba a la cama, lo arañaba y lo llenaba de pelos, los ronquidos retumbantes de su mujer, juegos y desastres domésticos durante la frustrada siesta—, y que si le continuaban los insomnios (los sedantes más fuertes apenas le hacían efecto), simple y sencillamente enloquecería o moriría. O, lo que era peor, le resultaría imposible trabajar en una agencia de publicidad, con cocteles y desveladas constantes, y en consecuencia mantener a su amada familia.

Después de darle todas las vueltas posibles al problema, como a una fruta mental, decidió no cambiar de trabajo, que le encantaba, sino comprar un departamento diminuto en un edificio cercano: total, había que verlo como una inversión, lo puso a nombre de sus hijos, si dormía bien no tardarían en subirle el sueldo.

Inventó constantes compromisos de trabajo para irse a dormir ahí, primero de vez en cuando, luego todas las noches, con un sueño plácido, por fin de corrido, a pierna suelta, de preferencia los fines de semana y los días feriados, sin gritos ni llantos ni maullidos ni ronquidos, hasta casi media mañana, lo que no le sucedía desde la adolescencia.

Eligió uno que daba a un patio interior: era más silencioso y económico.

Subía de dos en dos los escalones, entraba en el departamento y encendía la luz de la pequeña estancia. Esperaba hasta recuperar la respiración, y entonces el aire de la estancia vacía —sin siquiera las horribles cajas de cartón de quien acaba de mudarse— le infundía una súbita sensación de calma, lo llenaba con un particular, amistoso cansancio; lo inducía a empezar por recostar (sí, por recostar) un hombro en la jamba de la puerta.

—Amo y señor de mi casa —se decía.

Suspiraba y se dirigía, lento y en silencio, a la recámara, con la gran cama metálica en su centro. El asiento de una silla hacía las veces de mesita de noche y sobre otra silla había una piyama y ropa interior arrugada. El cuarto de baño, al fondo, estaba abierto y el color verdoso de los azulejos brillaba suave y líquido. Se lavaba los dientes: costumbre absurda si acababa de hacerlo en su casa después de cenar, pero le parecía indispensable para empezar a agarrar el sueño. Silbaba, se ponía la piyama, entraba en la cama y se sentía coincidir enseguida con la forma cóncava que abría su cuerpo en el blando colchón, saboreaba cada centímetro de sábana. Permanecía un momento despierto e inmóvil, largo, pesado, corrido hacia el centro cálido de la cama, boca arriba, con una pierna doblada en escuadra y un brazo rodeando su cabeza, los labios sonrientes, reconstruyendo en principio, con delectación, la convincente imagen de él mismo acostado y dormido. A veces daba realidad a la imagen y con ella misma se quedaba dormido.

Sólo para dormir, no quería el pequeño departamento —ni por la cabeza le pasaba la idea— para otra cosa.

Una noche después de cenar —siempre cenaba con sus hijos, les preguntaba por la escuela, las tareas, los amigos, los juegos, conseguía una convivencia de lo más agradable—, ya en la recámara, su mujer cruzó la habitación con un rápido paso insospechable sobre la alfombra mullida, arrastrando por momentos una sandalia desprendida. Él, muy serio, se anudaba la corbata frente al espejo del ropero y ella se le plantó a un lado, contraída, derrotada de antemano, presintiendo lo que iba a suceder.

—¿De veras no volverás tarde? —preguntó ella. Llevaba una bata blanca de algodón, desnudos los brazos redondos. Una expresión infantil le cubría la cara de plenilunio, desde la frente estrecha hasta el flojo mentón.

—No, no volveré tarde, mujer, ya lo sabes. No después de las dos.

Ella lo buscaba con una mirada recta y fija, como si se comunicara mejor con el hombre que se escondía dentro del espejo.

—¿Hasta las dos?

Siempre preguntaba ella a qué hora iba a llegar y él respondía que no después de la dos, y ella replicaba: ¿hasta las dos?

Luego, él le daba la única razón de peso que poseía:

—Oh, ya sabes cómo son estos cocteles de publicidad. A veces se prolongan toda la noche y no me puedo salir. No des lata, mujer.

—Últimamente se prolongan toda la noche. No es creíble.

Ella seguía mirándolo muy fijamente. Todo él más flaco a últimas fechas, su cuello largo sostenía la cabeza dura, sin gestos. El rostro de cuando no quería hablar, impasible, irreal, como un rostro durmiendo, poblado de ensueños que ella nunca habría de conocer.

Entonces, incapaz de contenerse más, la mujer regresaba con su voz tidpluda a la cantaleta tercamente ensayada.

—Antes te interesabas por nosotros, ¿no? Nunca salías de noche sin mí. ¿Qué te ha sucedido? Hasta los niños me hablan de cuánto has cambiado. Si hay otra mujer, más vale que me lo digas. Total, yo nunca te pediré que permanezcas a mi lado a la fuerza, te daré el divorcio cuando quieras, yo también estoy harta de esta situación. Te lo he dicho mil veces, ¿a poco no?

Las manos de él temblaban ligeramente al dar un jalón a una de las puntas de la corbata (azul, con pintitas blancas). Pero sus ojos seguían pareciendo tranquilos, y hasta insinuaban una pobre sonrisa humilde, como pidiendo perdón para sí mismo y la suciedad de la vida.

—Por favor —dijo, sin mirarla, yéndose al fondo del espejo, empezando otra vez el nudo de la corbata, nunca lograba que coincidieran las dos puntas.

—¿O será que todo cuanto no se relaciona con tu trabajo te aburre, eh? Es peor. ¿Qué esposa iba a aguantar que asistieras a cocteles de publicidad todas las noches, sin excepción? Casi, hasta preferiría que hubiera otra mujer porque contra ella sí podría luchar, enfrentármele, demostrarte cuál de las dos es más mujer, eso. Ahora hasta cuando quieres ser cariñoso, parece que cumples una obligación. Enseguida vuelves a meterte en tu concha y nadie te saca ni a rastras. No hay derecho, no hay quien lo soporte. Pregúntales a los niños, a tus amigos, a tus compañeros de la oficina, ¿no?

El hombre sabía que después de ese último "¿no?" le tocaba a él y estaba preparado (es más fácil la convivencia diaria a partir de ciertas escenas bien aprendidas). Sacudía la cabeza, inquieto, como un animal que despierta, y se volvía a mirar de frente a la mujer, endilgándole unos ojos furiosos, desencajados, que supuestamente ella desconocía. La tomaba por las solapas de la bata y le espetaba la sola palabra pegajosa, inevitable, de tres sílabas —"¡cálla-te!"—, cinco, diez, quince veces, cada vez con más fuerza, igual que si remachara un clavo. A cada palabra, sus músculos se endurecían y la nuez del cuello le subía y le bajaba como un émbolo.

Entonces, a consecuencia de los gritos, los cuatro niños aparecían como pequeños fantasmas en la puerta, apretujados, temblorosos, pero en realidad, bien visto, con un miedo o un llanto disminuido, que ya les tardaba en salir noche a noche; incapaces de dar un paso más dentro de la pieza, como si se tratara de una zona prohibida. Alguno de ellos, incluso, con una sonrisita burlona que ahogaba con la mano.

—¡Váyanse a dormir! ¿Qué hacen aquí? —les decía él, entre aspavientos.

Luego regresaba al espejo con la misma rapidez con que había salido de él, y la mujer iba al baño a llorar, con un paso tan suave como si flotara sobre la alfombra.

A los pocos minutos, antes de marcharse, él se arrepentía y le tocaba la puerta desesperado, la llamaba, le pedía perdón, era un idiota, un canalla, un infeliz, un mal padre, un mal marido, de qué le servía creer en Dios: ella y los niños eran su razón de vivir, ¿qué estaba haciendo de sus vidas? Tanto trabajo lo tenía con los nervios de punta, fuera de sí, ya sabía cómo era esto de la publicidad, qué horror, el peor trabajo del mundo, el peor.

Ella abría la puerta cabizbaja, con los ojos dentro de una nube. Él la abrazaba, la estrujaba, sin besarla le restregaba la boca en la mejilla, y se confesaba entre borbotones de llanto y pucheros: que lo perdonara, no había ninguna otra mujer, se lo juraba, cómo iba a haberla si tanto la amaba, el problema era su insomnio crónico, por fin se atrevía a decírselo, sí, qué alivio decírselo: dormía en otro sitio, un departamento minúsculo que compró cerca de ahí especialmente para eso, sin ruidos ni despertadores, un lugar sagrado al que sólo iba a dormir, a nada más, y para que continuara siendo sagrado no debía conocerlo nadie más, nadie más, ¿lo entendía? Ella sabía de su problema mejor que nadie, lo había padecido tanto, viéndolo dar vueltas y vueltas en la cama, una enfermedad que lo tenía al borde de la locura, ¿o de la muerte misma? ¿No lo intentó todo para curarse: pastillas, tapaojos, tapones de oídos, almohadas ortopédicas, música para inducir el sueño, libros sobre el tema, que viera nomás su librero: *El libro del bien dormir*, *Cómo vencer el insomnio*, *Dormir y soñar*, *La cura del insomnio a través de la homeopatía*...? Pero ya estaba curándose, volvía a jurar, y pronto retornaría al hogar el hombre de antes, el de cuando se conocieron y se enamoraron, el de cuando se casaron, el que hasta la ayudaba a preparar la leche de los bebés, el hombre que se acostaba y dormía seis o siete horas de corrido como cualquier persona normal y le hacía el amor apasionadamente cada semana. ¿Cómo podía él pensar en hacer el amor en las condiciones en que se encontraba? Pero ella debía tenerle confianza y no preguntarle más, nada más, y le puso un índice en los labios, sellándoselos. Porque de otra manera él se vería obligado a marcharse de su casa definitivamente, lo tenía decidido, era un asunto de vida o muerte, de instinto de conservación, de una fuerza huracanada que lo arrastraba a dormir en donde de veras pudiera dormir, y había nuevas lágrimas y sinceridad en sus ojos enrojecidos. Ella se limitaba a bajar la cabeza, encogiéndose, y suspiraba.

—¿Y si me lo enseñas? —decía ella con su voz que temblaba, adelgazada, casi en maullido—. Yo te ayudo a amueblarlo.

Por toda respuesta él le volvía a sellar los labios con un índice perentorio, le daba un último beso en la mejilla, le decía te quiero, sólo a ti te quiero, le volvía la cara, tomaba el portafolios con ropa interior limpia entre papeles, que tenía preparada para el caso, y se marchaba con un paso de gato, casi en puntas de pies, cuidando de dar vuelta al picaporte con suavidad para que los niños no lo oyeran.

Un criminal que huyera del lugar del crimen, que huyera del espectáculo insoportable de su víctima, que huyera del remordimiento y de la compasión, no se hubiera sentido tan liberado como él en esos momentos.

Al llegar a la calle tragaba bocanadas de aire. El cielo extendido y la derramada luz de un farol alentándolo a la fuga. Era libre. Libre de todo recuerdo y de toda previsión. Libre, aunque sólo fuera por unas horas, del pasado inevitable y del porvenir contaminado por ese pasado. Libre de vivir sólo el presente, en el sitio al que su cuerpo lo arrastrara. Con la ventaja de que el departamentito estaba tan cerca que podía ir a pie. O corriendo.

No llegaba a dormir, y sólo regresaba a la casa a la hora de la comida, en que besaba con efusiva naturalidad a sus hijos y a su mujer, les llevaba un cuaderno para iluminar y unos lápices de colores, un queso, una lata de sardinas, unas flores. Nadie hacía referencia a la noche anterior. Como si nada especial hubiera sucedido, como si se hubieran visto al despertar, con los repiqueteos punzantes del reloj-despertador, en piyama, al bajar al gato de la cama a manotazos, al apurarse para ganar el baño, el agua caliente, la última toalla seca, durante el café con leche y los regaños a uno de los niños porque no quería desayunar y acababa de echarse encima el jugo de naranja, y al buscar las llaves del auto que él siempre olvidaba en el saco del día anterior.

Hasta los niños se acostumbraron (los niños se acostumbran a todo, hay que tenerlo presente), y lo recibían al mediodía con la misma frase, dicha en el mismo tono, aprendida a la perfección, al detalle después de las severas lecciones de mamá: era, quizá, la única posibilidad de no terminar de perder a su padre, tenían que entenderlo:

—¡Hola, papá, qué bueno que ya llegaste!

Pero aquel mediodía del primer día del sitio del edificio, el vecino del siete no llegó a comer con su familia, no podía llegar, le era del todo imposible llegar. Pero lo primero que le llamó la atención es que su teléfono sonaba desconectado.

El ejército tomó el edificio con una maniobra como de pinzas: tanto en la entrada del frente como en la del estacionamiento. La decena de tanques, las unidades de asalto, los jeeps y transportes militares, las filas de soldados con sus armas automáticas apuntando hacia lo alto, aunque sin disparar, algunos con máscaras antigases como pequeñas trompas de elefante.

Habló con un soldado, con otro, con un cabo, con un capitán, con el oficial encargado de la maniobra.

—¡Yo aquí vivo! ¡Mi familia está adentro!

—Lo siento, pero nadie puede entrar ni salir. Son órdenes superiores —le contestaban todos.

—¿Pero por qué sólo este edificio? Mi edificio.

—Son órdenes superiores.

—¿Y cuánto va a durar?

—Nadie sabe. Pero seguramente varios días, o semanas, si es que se vuelve a abrir.

En un momento de desesperación se lanzó contra un grupo de soldados, soltando manotazos a diestra y siniestra.

—¡Es mi culpa, es toda mi culpa por haberlos abandonado por las noches! Pero es que no podía dormir, entiéndanme. Es mi culpa, es sólo mi culpa —y entre sollozos—. Yo provoqué esto con mi insomnio…

Lo levantaron en vilo y lo lanzaron al suelo, a media calle, por donde no pasaban autos, porque la calle también estaba cerrada.

Palabras finales

Las fotos que se conservan de él muestran a un hombre moreno, jubiloso, con un bigote de altas puntas. En su boda, muy derecho, al lado de una mujer menuda y apagada. En su oficina, atrás de un vasto escritorio de caoba, con la sonrisa llenándole la cara y un puro entre los dedos.

Entró como socio de su hermano en un negocio de muebles para baño y perdió hasta el último centavo.

Se pegó un balazo y dejó a su familia en la miseria.

Dicen que en el entierro su mujer —con el rostro cubierto por un velo negro y sus dos hijos adolescentes tomados de la mano— le habló al ataúd en un tono que no correspondía a su figura y a su actitud:

—Cómo pudiste ser tan cobarde. Mal padre. Mal marido. Mal hombre. No tendrás nunca nuestro perdón y no conocerás la paz.

Los centauros

El detalle me perturbó: en las tres únicas fotos que se conservan de la tía Ernestina aparece al lado de pinturas de centauros. Estuve estudiando las fotos con una lupa y descubrí que, en efecto, se trata de pinturas diferentes. ¿Las coleccionaba? Pregunté sobre la tía a los pocos familiares que la conocieron y aún vivían, y sólo conseguí datos superficiales. Parece que se trató de una mujer "normal", que llevó una vida "normal" al lado de su marido y de sus seis hijos. La expresión de sus ojos en las fotos, sin embargo, refleja otra cosa: un brillo dolorosamente sensual, la arruguita entre las cejas, la sonrisa fingida, como si la foto se profundizara hasta dejar a la tía al lado de los centauros, integrada a ellos.

La virgen en un burdel

En Ciudad Juárez había un burdel que, en su salón recibidor, tenía una hornacina con su veladora frente a una estampa dorada de la Virgen María inclinada sobre el Niño. ¿A quién pudo ocurrírsele ponerla ahí?

La baraja

Una vez y otra, mi mano reparte una nueva carta. ¿Pero las reparte mi mano? Y sobre todo, ¿quién las barajó? Ah, qué tentación ceder a estas redes instantáneas y misteriosas, ¿no te parece?, aceptarse dentro de la baraja —mira estas nuevas cartas, otro rey y un siete—, sin más preguntas inútiles, reconocer que tú no las barajaste aunque lo hayas hecho, qué blando nadar boca arriba sobre un mar en calma.

Las cartas

No sé por dónde viene el parentesco. Quizá sólo fue amiga de la familia. Dicen que duró quince años casada con un hombre cariñoso, puntual y de una rectitud inquebrantable. Tuvieron tres hijos.

Una noche ella desapareció.

A los pocos meses empezó a mandar cartas sin remitente de diversas partes del mundo, con fotos en que aparecía cada vez más demacrada y triste. Durante algún tiempo proliferaron los rumores: que se fue con un marinero; no, que con un torero; tampoco. Que se fue sola y permanecía fiel a su marido.

Dicen que todas sus cartas eran más o menos en el mismo tono:

"Cada día los extraño más. Siento por ustedes un amor tan grande que es imposible traducirlo a palabras. Recuerdo, como si hubiera sido ayer, todo lo que vivimos juntos y me lleno de nostalgia. Dondequiera que me encuentre, ustedes serán la única razón de mi vida."

Barbudo y el sueño

El torero Miguel Freg llegó a conseguir un gran cartel en España. La noche anterior a la corrida que torearía en Madrid —oportunidad única—, despertó de pronto sobresaltado.

Su hermano Alfredo, integrante de su cuadrilla, quien dormía en la cama contigua, le preguntó qué le sucedía.

—Soñé que un hombre con una gran barba me daba una puñalada en el cuello.

—Olvídalo y vuélvete a dormir. Mañana, mejor dicho hoy —miró el reloj de la mesita de noche—, toreas la corrida más importante de tu vida y tienes que estar descansado.

—Alfredo, hoy no quiero torear.

—¿Estás loco? Con todas las entradas vendidas desde que te anunciaron, y en la Plaza de Madrid. Vamos, sólo fue un mal sueño. Vuélvete a dormir.

Pero Miguel ya no logró conciliar el sueño y por la mañana, temprano —era la única comida que haría hasta después de la corrida—, desayunó sin hambre.

Al mediodía, Alfredo asistió en la plaza al sorteo de los toros. Al regresar, Miguel le preguntó enseguida sobre el lote que le había tocado.

—El cuarenta y siete y el cincuenta y uno.

—¿Y los nombres?

—Tu primero se llama "Lucero".

—¿Y el segundo?

Alfredo dudó un momento antes de contestar, pero sabía que Miguel se enteraría apenas llegara a la plaza.

—"Barbudo".

Miguel se puso de pie del sillón donde estaba sentado y se llevó las manos a los ojos.

—¿Lo ves, Alfredo? Esta tarde no debo torear esa corrida —fue a los pies de la cama, en donde ya se encontraba el traje de luces, el capote de paseo y la montera; los tomó con un gesto violento y los lanzó al suelo—. No me importa que la plaza vaya a estar llena y que nos hayan pagado por adelantado. Simple y sencillamente, esta tarde no toreo. Punto.

Alfredo recogió las prendas de torear y las volvió a colocar a los pies de la cama.

—Miguel, después de los sacrificios que hemos hecho para llegar a esta tarde y acobardarte por un estúpido sueño… Acuérdate que dicen que es de mala suerte ser supersticioso —y trató de dibujar una sonrisa que más bien le resultó una mueca helada—. Además, tendríamos que regresar el dinero, nos pondrían una multa, ningún empresario te querría ya contratar y no tendríamos ni para regresar a México.

—Yo no soy un cobarde —dijo Miguel, enfrentándolo.

—Pues entonces torea.

Poco después Miguel empezó a enfundarse el vestido de luces.

Durante la corrida, con su primer toro, "Lucero", tuvo un gran triunfo, con corte de orejas. Su segundo, "Barbudo", salió quedándose corto y derrotando. Cuando tomó la muleta, Alfredo le dijo:

—Lídialo y mátalo enseguida. Ya triunfaste y el público lo entenderá.

Pero Miguel fue a hincarse frente al animal. En el segundo pase, el toro lo prendió por el cuello, perforándole la yugular.

Al llevarlo a la enfermería, Alfredo le preguntó.

—¿Pero por qué te hincaste frente a él si te dije que lo lidiaras y lo mataras enseguida?

Ya en México, en una entrevista en *El Universal*, el periodista le preguntó a Alfredo cuáles fueron las últimas palabras de Miguel. Con lágrimas en los ojos, contestó:

—Me dijo: "No tenía remedio, había que ayudar al sueño, ¿no crees?".

Prolongación de la noche de Ignacio Solares
se terminó de imprimir en febrero de 2018
en los talleres de
Litográfica Ingramex, S.A. de C.V.
Centeno 162-1, Col. Granjas Esmeralda, C.P. 09810
Ciudad de México.